島上詩

島上与海外

上冊

韓牧。著

韓牧簡歷

　　韓牧，本名何思捣，另有筆名鄭展怡、向巽玲、衛紫湖等。1938年花朝節生於澳門戀愛巷。澳門大學文學碩士，「澳門新詩月會」創辦人，1957年夏移居香港。港、澳、新加坡多個文學團體之會員、理事。曾任港、澳兒童文學獎、工人文學獎、青年文學獎評判，青年雜誌主編。1984年春，率先提出「澳門文學」名詞及概念。1989年末移居加拿大，任「加拿大華裔作家協會」理事，同時是加拿大多個藝術家團體之會員。國際詩人協會會員。著有《韓牧文集　上下冊》《韓牧評論選》《剪虹集：韓牧藝評小品》《韓牧散文選》、電郵書信集《牧人看世界》《牧人聲聲惜》及詩集《韓牧詩選》（獲獎）《島上與海外》（上下冊）《愛情元素》（獲獎）《梅嫁給楓》《新土與前塵》《待放的古蓮花》《伶仃洋》《裁風剪雨》《回魂夜》《分流角》《急水門》《鉛印的詩稿》及《草色入簾青：韓牧攝影、杜杜詩詞》、《Finn Slough芬蘭漁村：溫一沙攝影、韓牧新詩》（中英雙語，獲獎）、《她鄉，他鄉：葉靜欣、韓牧新詩攝影集》（中英雙語）等。在香港、台灣、中國、美國屢獲詩獎。短詩入選香港中學語文教材；寓言詩獲日本選入「中國語」課本中；詩作《一朵罌粟花的聯想》為加拿大國殤紀念日唯一中文朗誦詩。

　　主要論文有：〈杜甫鳥類詩初探〉〈建立「澳門文學」的形象〉〈澳門新詩的前路〉〈馮至詩分期研究〉〈論兒童詩的寫作〉〈舒巷城詩的本土性〉〈新文人畫的開創〉〈墨緣印象：論中國、日本書法〉〈詩人寫生與畫家寫生〉〈寫我甲骨文〉〈用「國」「族」「文」分類海外華裔文學〉〈僑民。居民。公民：從加拿大

華文新詩窺探加華詩人的自我身份定位〉〈論詩人汪國真〉〈從人類遷移史論移民作家的身份與立場〉〈加拿大華文詩中描寫的本國社會現實〉〈加拿大華文詩中描寫的外國社會現實〉〈港澳與南洋文友的情誼及「澳門文學」的覺醒〉。

　　何思捣（筆名韓牧）亦是書法家，早年師從書法大家謝熙先生，屢獲香港青年書法冠軍。擅長甲骨文、隸書、楷書、行草各體。現居加拿大。

　　作品曾個展於加、美、中、台、港、澳。其中，1997年獲加拿大卑詩大學（UBC）主辦，首展長篇甲骨文《心經》、《正氣歌》（後又有《大同篇》《國父遺囑》等），學術界譽為首創，加拿大國家電台作海外報導。1998年獲澳門政府主辦港澳巡迴個展，得學者饒宗頤、何叔惠、羅慷烈、馬國權諸教授讚賞，《亞洲周刊》及《美國之音》電台專訪。2001年應台北國立國父紀念館之邀作《緬懷國父》書法個展，《宏觀衛星電視》到場專訪，全球報導。旋應美國金山國父紀念館之邀，作同題個展。

　　書作屢獲博物館、美術館、基金會、文學館、圖書館、紀念館、文化部、領事館、碑林、碑廊等文化機構收藏。著有《何思捣書法集》（中日英三語）。論文《寫我甲骨文》獲選入《世界學術文庫・當代文化卷》。

千羽鹤

全靠记忆四十年前的一千二行色一纸鹤。

那一千七纸鹤，在多少之一摺痕，住过你一手摺发时，走一法摺叠时，生想到了指。日光也许走纸上的摺痕。或者日光苍吧。让着乙住摺如那一些。我求记着那一套彩色一，你毕竟爱摺成纸鹤一那一套彩纸。你军发一如中学生，心里这是想着我，一定走想着我。不知多少个的夜上，想着我一同时，想京一个啊么。说乙你详你，我或者走空际一字卜注走乒你字哪一行茶田。你想京一走今没阶乒唐接上一张。

千羽鹤，用一个你就乒这一隆金七时好。用衡市成一串。那也碗走走好过，走一个点。金乒一段侭关用股乙一须贴好，又用金乙一须篆的那一美金名字。又为了你一名字捞回书乒一累乒田拼音字。金乙主备幸乒又称困固，不会改变。不相江炉大一彩征。

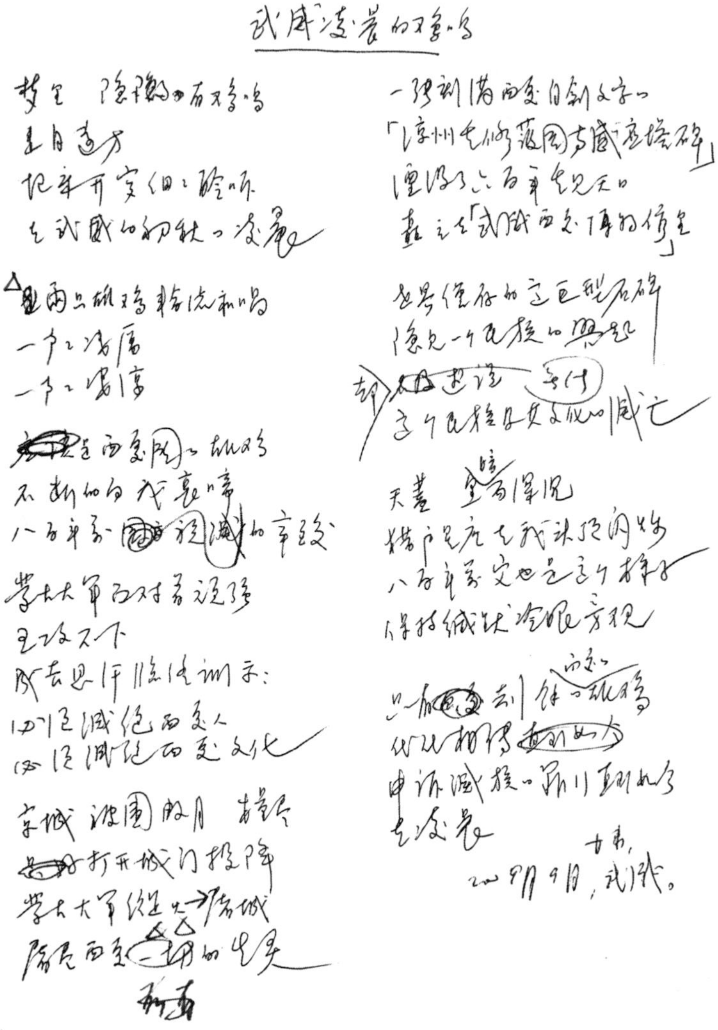

武昌邊岸的石象馬

秋到玉深處　　　　韓牧

葉　印

一地零落的
棕色的落葉
楓葉　橡葉　樺葉
生這煎白色的水泥小徑

不是落葉　是落葉的印
連綿的雨水打印而成
雨停　地乾　風起
落葉飛走

似凌亂卻疏密有致
大大小小
完整的　殘缺的　蟲蛀的
葉脈分明或者含糊的
半透明的　半抽象的
耐看　卻無人閱愛的版畫

我的格紙　（稿自用）20×25＝500

《島上與海外》自序

詩集《島上與海外》分上、下兩冊。上冊名《島上詩》，包含第一、二、三，四，共四輯；下冊名《海外詩》，包含第五、六，共兩輯，及附錄。

所謂「島」，不指香港，不指台灣，是指我居住的烈治文。它是加拿大西部卑詩省（不列顛哥倫比亞省）大溫哥華地區的一個小城市，人口僅二十萬，但華裔過半。它四面環繞著菲沙河的中支和南支，連接著太平洋，可說是一個島。杜甫詩：「舍南舍北皆春水，但見群鷗日日來」，千年後萬里外，我們有幸得見與老杜所見相同的景致。

烈治文是Richmond的漢譯。中國大陸出版的地圖，譯為「里士滿」，但本地人及所有中文報章雜誌，都不用，只愛用粵語港譯的「列治文」，早年有人譯為「富貴門」的，但不通行。我在1989年冬移此，就一直愛用「烈治文」。有人認為隱含「暴烈統治文人」之意。

加拿大西部地區最大、最繁忙的機場，是溫哥華國際機場，其實它是在烈治文市版圖內的。我們走向北面的河隄，就見到機場在不遠的對岸，民航機不停的升降，與世界各地頻繁的聯繫。

從詩集名稱《島上與海外》可知，此書分兩部份：「島上」是寫家居生活、社會生活的。所謂「海外」，並非以中國立場，而是以加拿大立場的「海外」，也就是國外、外國。「海外」部份，主要是外訪時所作，旅行，探親，參加座談會、交流會、新書發佈會、學術會議等。可說是紀遊詩。

二十一世紀第一個十年，我詩豐收，編成《愛情元素》《梅嫁

給楓》兩本詩集，並已分別在台灣、加拿大出版了。第二個十年，意外的，比第一個十年寫得更多，原因是此期間外遊頻密，兼且社會活動、社會運動繁多。除了編輯成這本《島上與海外》，其餘詩稿，大致與社會現實有直接關連，又可以編成份量不輕的一本，暫時名之為《韓牧社會詩》吧。

詩作太多，在我有一個要解決的煩惱。要全部收入書中呢，還是刪去一部份自己覺得內容或藝術性較弱的呢？

我以前研究過杜甫，覺得杜甫與李白在藝術上是難分高下的，何以人人都稱「李杜」而沒有稱「杜李」的呢？相信就因為李白年長了十年（杜甫出生在正月初一）。同時代的文學家、藝術家，生前論資排輩，甚至僅依馬齒為序，還可以說得過去。李與杜，既是歷史人物，又同一時代，應該依其作品高下定次。兩人存世詩作都是一千四百餘首，據研究，杜甫生前自己已刪去了一千多首。我想，如果他在現存的再刪去一半，餘下七百首，也不算少。總的藝術水平一定大大提升。乾隆皇寫過43630首，他曾自豪說，唐朝三百年留存下來的詩，也不夠我多。但其詩藝術性低，要排名是排不上的。詩人之比，不是比產量。若把杜甫這七百首與李白的一千四百首比較，是杜勝李，要改稱「杜李」了。

不過，照我個人經驗，自己的得意之作，詩選的編者往往不選，而選入我自己看輕之作。詩選選得讓我滿意的，只有一本人民文學出版社的《中國新詩萃（台港澳卷20-80年代）》，所選三首：〈日落〉〈急水螺〉〈澳門號下水〉，我認為都可算代表作。也都是寫時代大事的。

我還記得，有一首寫於七十年代的詩，自己認為不算好，但給日本編者看上眼，選入「中國語」課本中，與冰心、余光中、紀弦、郭沫若、馮至、徐志摩等大詩人並列。他們對我說，是從大陸出版的一套文學精品選中見到的。這套書我未聽過。我另一首寫澳

門的，也是寫於七十年代，我自己看輕，卻意外給選入香港市政局出版的《香港近五十年新詩創作選》中，後來，香港中文大學的翻譯部門，要編輯出版一冊二十世紀香港詩的英譯本，也選上這首，我幸運。相信他們是在市政局出版那本詩選看到的。如果我沒有把這兩首詩選入我詩集，就沒有這兩個機會了。

我因而想到，自己主觀愛惡不可作準。自己覺得不好的，客觀上也許認為好。若貿貿然刪除，永遠不見天日，不是很可惜嗎？我常常想，孔子是否刪過《詩經》，自太史公起，至今仍是未有共識的學術問題。若真的刪過，為了用作課本當然應該，但應保留全本，讓後人研究。他沒有這樣做，實在罪過。除了後人偶然發現、零零碎碎的逸詩外，我想知道，被消滅的詩，到底是何樣子。

出版詩集不是與人比賽，爭排名，反正能夠過得自己眼睛，應該不會太壞，還是全部保留好了。這書分五輯，另書末有附錄。

第一輯：情意。共三十一首（組），寫與配偶的愛情，與亡母、亡妻的重逢。與各族友人的友情，對陌生人、異國，對家貓對野鳥以至對自己的老爺車的情意。此外，還有對真情實意的贊美，對不當情意的批評，題材是十分廣泛的。有〈惺忪與鬆弛〉〈世界和我互道早安〉〈焗豬排飯和熱鴛鴦〉〈吾馬，髮妻〉〈友善的環境〉〈此生的得與失〉〈真情的紀念〉〈與名人合影〉〈破蛋〉〈寒蟬突變〉等。此輯中有一首〈魄散魂離記〉，長近三百行，毫不修飾、毫不保留傾吐自己的情意，有如醉後吐真言。

第二輯：移植。共十二首（組），寫移民的心境、應盡的義務、早年移民遇到的不公、各族移民之間的友誼、新移民的劣行、卻受到主流社會的姑息。所謂移民，除了人，還包括鶯鳥、貓兒。有〈國殤日紀念會〉〈鹹魚與棺材〉〈鶯之魂〉〈這一票〉等。〈漂木與飛樹〉一首，或能顛覆某些移民詩人的信仰。〈戴花之詭辯〉一首，斬釘截鐵，揭露最高層政客們、傳媒們為了私人利益而

作的詭辯。

　　第三輯：花木。共十九首（組）。我愛花草樹木，見到，常常引起我的詩興，而詩興是多種多樣的。〈紫丁香。Shadow〉〈第一櫻之死〉，批評新移民的劣行，〈桃花。櫻花。梅花〉，思考與祖籍國的關係。〈門前的萱草花〉懷念亡母。〈香柏樹〉〈倒臥的蘋果樹〉描寫作為移民堅定的志向。〈我的年輪〉是個人歷史的回憶。〈最後的野玫瑰〉隱見移民樂觀的前景。

　　第四輯：藝術。共十七首（組）。對藝術的感悟，對藝術品的觀感、與藝術家的友誼、記錄藝術家的一生等。藝術品種有舞蹈、歌曲、音樂、岩畫、攝影、雕塑、油畫、中國畫。詩作有〈第一民族的鳳凰〉〈吉卜賽之舞〉〈幻滅與默靜〉〈畢加索作品兩題〉〈走進畫家的家門〉等。組詩〈那土黃色的蝴蝶〉是為我心中的「歌聖」鄧麗君作傳，全面描畫她燦爛多彩的一生。

　　第五輯：海外。共43首（組）。此輯內容特別豐富，主要是外遊時的紀遊之作，期間曾遊二十多國。另有寫外國的社會運動、外國的戰爭的。有〈另眼看台灣〉〈另眼看香港〉〈另眼看澳門〉〈海上孤鷗〉〈天櫻之夢〉〈冰川之死生〉〈歐遊短章〉〈慶州十九首〉〈首爾十九首〉〈洛磯十九首〉〈加勒比海追記〉〈泰國日記〉〈加中搶食大戰〉〈新加坡日記〉〈馬來西亞日記〉〈蝴蝶效應〉〈緬甸民主天使〉〈烏克蘭抗俄戰爭小記〉等。〈六十年後的學弟們〉一首，寫出世代之變，〈阿拉斯加的遐思〉寫美國歷史上向南也向北的吞併，開拓疆土。〈黃虎旗〉總括了台灣人民的抗日歷史，〈北歐速寫〉涉及北歐多國爭取民主、獨立可歌可泣的事蹟。〈蝴蝶效應〉是想像的長作。附說一句，此輯寫慶州、首爾、洛磯的組詩，都是十九首，只是偶合，並非湊足或刪減而成。與《古詩十九首》更無關連。

　　以上五輯，其中〈祖國就是你，你就是祖國〉〈前園之夏紀

實〉〈那土黃色的蝴蝶〉〈歸寧港澳〉〈烏克蘭抗俄戰爭小記〉五首（組）詩，都是節錄，也就是刪去了一些之後的所謂「潔本」。那些「不潔」的部份，雖然可以接受自己良心的審判，但到底不宜在此時此地的公開場合出現。不過，到底是自己心血結晶，親生骨肉怎忍斷然拋棄？留著，等候著適宜的地方，適宜的時間，以素顏全貌，向公眾坦露。地方，也許在萬里外，時間，也許是不知多久的將來。

　　第六輯：逸詩。共十九首（組）。我在詩集《新土與前塵》的長跋〈新土高瞻遠，前塵舊夢濃〉中說過：「此次未入選的詩我也想談談。可分四類，第一類是因為自己的思想感情進展了，覺今是而昨非，回視少作，無可留戀。第二類相反，詩中思想感情可接受良心審判，卻顧應到部份人士未曾進展到這個階段，會生抗拒。第三類是失去了未找到的。記得曾在《中報月刊》發表的〈雲杉的遺言〉，寫加拿大贈香港的聖誕樹；〈華表〉應可入《北行列車》輯中，另外移加前夕到澳洲探親時也寫過些小詩。第四類是篇幅所限暫時割愛的。這些，都希望能早些重見天日，尤其是第二類。」

　　現在，在《中報月刊》發表的〈雲杉的遺言〉〈華表〉，都找出來了，還找出〈飛鵝〉〈巨贊〉。原來，這四首都寫得、自己覺得不壞。在澳洲寫的小詩，找出〈移植的花〉一首。此外還有在雲南所寫的〈雲南小景〉〈撒尼族歌舞〉。其餘大都是移民初期在加拿大寫的。〈獸面仁心〉和移民前在澳門寫的〈澳門號下水〉，雖然都曾收進詩集，但後來獲王健教授（Prof.Jan Walls）英譯，也附此輯中。書中還有四首英譯，也是王健教授的作品。另有幾首泰文譯，是許秀雲老師翻譯的，在此一併致謝。

　　書末「附錄」，收〈名家點評〉、吳宗熙老師評論兩篇，朴南用、范軍兩位教授的學術論文，在此致謝。〈笑嘻嘻的童真臉〉是我悼念詩友古蒼梧兄的文章，對我很有紀念價值，但我下一本文集

遙遙無期，還是先行附在這詩集裡。

　　我在《愛情元素》《梅嫁給楓》的自序中說過：「這兩本詩集，可視為我在二十一世紀第一個十年詩創作的成績。與上個世紀所作相比，除了內容相異，自覺風格也有不同，自己也不知道是進步了還是退了步，還望高明指點，能在下一個十年寫得好些。」

　　這本《島上與海外》，連同尚未編輯的《韓牧社會詩》，與上兩本詩集比，我自己覺得，除了對大自然、對藝術深情不變外，有很大的不同。那是由於生活的改變、客觀環境的改變。主要有二：外訪變多，社會活動和社會運動變多。體現在詩作上，是減少了對自身的思考和對移民身份的強調，而增加了對社會現實和國際現實的關注。不過，這些年，國際政治形勢急劇變化，一些國家的社會運動大減，甚至減至零。疫情也限制了社會活動和外訪，可以肯定，在第三個十年，我詩產量一定少得可憐。因為我不是「歌德派」，也不像一些詩人，可以憑空思索，就能寫出妙句佳篇，我沒這本事。我的很多詩，都是跟從現實世界的變化而成，希望可補充「史」之不足。正式的史，是客觀的、宏觀的、大略的，「詩的史」或稱「史的詩」，加了詩人自己的觀察、感悟、吟詠、評論，是主觀的、微觀的、形象的、細緻的。

　　忽然記起，上世紀八十年代中，我得了一個詩獎，《明報》約我作訪談，後來記者寫了篇訪問記，發表時還附了我在成都的照片，屈膝蹲在線刻的杜甫像的石碑旁。那篇文章說我好像重客觀多於重主觀。我的一些詩友看了，不以為然，葉輝兄說：「她不瞭解你，你根本就不是那樣。」我不語。我覺得對我評論的人無論記者、詩友，各有不同的觀點和認知，我也不好對別人對我的評論給予評論。

　　此生最愛藝術，最愛文學。我覺得：最藝術的文學，是詩；而最文學的藝術，是書法。恰巧，我最愛的，就是詩和書法。原來，

它兩者，都在文學與藝術的邊界線上，我是邊緣人。我知道，篆隸書法以秦漢為極峰，其後的十個朝代直到清初，歷史上最有成就的書法家，都沒有我們寫得好。在書法藝術日趨萎縮的當代，奇怪嗎？主因就在清初的文字獄。其殘酷在本國史以至世界史是僅有的。而且延續不斷。文人不敢寫詩作文，轉而研究訓詁、考古、金石、書畫，埋頭故紙堆中。金石的研究成果，也導致篆隸書法突飛猛進，形成書法史上第二個極峰。民國以後以至現在，我們得以繼承清人的餘緒，雖然已經大為退步，但比起清代以前那十個朝代，我們還是優勝得多。

過去幾十年，我學習的重心，因不同的原因，曾多次反覆轉移，大致是：二十世紀六十年代，書法；七十、八十年代，文學，主要是詩；九十年代，書法，主要是甲骨文；二十一世紀第一、第二個十年，文學。看來，眼前的第三個十年，重心會轉到書法，一如三百年前的清人，埋頭故紙堆中，是肯定無疑的了。

這書書前附我詩手稿三頁（也可視為硬筆書法？），若依書寫時的狀態，正好分屬三個不同類型。第一頁〈千羽鶴〉，是「夢醒，起床速寫」。第二頁〈武威凌晨的雞鳴〉，是在初稿上的反覆修改。第三頁〈秋到至深處〉，是定稿後的謄正。手稿請攝影家何思豪代攝，在此致謝。

這書最後，附我書法十八幅，屬甲骨文和隸書，都是應文友之請而寫的（包括捐出抽獎）。麥冬青、方寬烈、白樺、何慕貞、韓文甫、梁錫華、小思、大德居士、吳珍妮、陳伯仰、鄭京、區澤光、吳志良、Christian Reuten、王偉明、石依琳、曾偉靈等。真要感謝他們的督促，否則，在我專注於文學的期間，不可能產生出這些書法作品的。附於此留個紀念。其中甲骨文的釋文依次如下：〈願乘風破萬里浪；甘面壁讀十年書〉（是孫中山先生的聯語），〈建立澳門文學的形象〉（是我的話）〈白樺思舊友；黃柳立新

鄉〉（是我聯語），〈睡貓居〉〈鄭。葉。湯。京。沛〉〈民族。
民權。民生〉〈劍。中。無〉〈燕飛〉〈羅雀〉〈鳳鳴〉〈幻夢。
夢幻〉。

　　自從離港移加，我書出版後寄贈各方，得香港《詩網絡》詩刊
主編王偉明兄義氣代勞。該刊停刊後，轉由香港文友程慧雲及六妹
婉慈接手。這工作實在繁雜費神，我心存感激，在此一併補上致
謝了。

　　封面書名是我所題，封面照片也是我所攝，《島上詩》是從烈
治文眺望溫哥華國際機場，《海外詩》是芬蘭海岸的砲台。封底個
人照是勞美玉拍攝的，在韓國慶州與會期間。

　　韓牧　2022年7月，加拿大烈治文。

CONTENTS

第一輯

情
意

蒼天　是在憐憫我
還是用疑幻疑真來戲弄我呢？

憐憫我　我感激
蒼天也沒有戲弄我的本事

微微惺忪的眼睛
微微鬆弛的嘴唇
那就是你無疑

你出自天生的獨特的神情
是不可模仿的

——〈惺忪與鬆弛〉

「014」和「33」
──緬懷亡妻

日前眾友茶聚
一位相識幾十年的文友
不知何故　提起你我的戀愛史
說我和你是在飛機上認識的

我說你不是人
是仙女　早已返回天家了

不知何故　我不害羞
滔滔講述你特殊的一生

我永遠記得你的出生日期
1月4日　也正是緬甸的國慶日
你的「014」加上我的「313」
成為你我的行李箱的密碼

與你外遊
一到酒店撥正你的生日我的生日
就打開別人打不開的
我倆生活的秘密

現在這一串數字
成了我電子郵箱的密碼
每天清晨　午間　深夜
我隨時打開別人打不開的
我倆秘密的生活

我永遠記得　也經常想起
你返回天家時是33歲
但我從來沒有想到
那年的8月18日
越南的高空　金色的雲中
與你邂逅時我也是33歲

你是1979年離開的
踏入2012年了
你離開多少年了？33
你不就66歲了嗎？　不
你在我心中永遠定格於33

人生的過程是「生　老　病　死」
你有「生」　沒有「老」
你有「病」　沒有「死」

你的人生是殘缺的
你是完美的仙女

2012年2月14日，情人節。

惺忪與鬆弛
──重遇亡妻

1

就是你嗎？你病好了嗎？
全身一冷　我毛骨悚然

隔了幾張餐桌　我極力辨認
有九成像　有九成五像
有甚麼地方不像你呢？
又似乎沒有

八年的日夜相對
八年的耳鬢廝磨
整個的你
我沒有不清楚的地方

微微惺忪的眼睛
不是將醒未醒
微微鬆弛的嘴唇
不是感到倦意

怎麼二十年後一點不變老的呢？
我不敢上前相認

唯恐蒼天有意戲弄我
讓我唐突一個與你形貌相同的人

又或者
那是早已投胎轉世的你
如今　年齡與你離開時相若
你　是認不出我來的
另一個你

在那高級茶樓你獨自安坐
最遠的那一張餐桌旁
四十一年前　三萬尺高空
你獨自安坐　前頭最遠那一張座椅

你身旁是華貴的帷幔　有厚又高
牆上高山流水　複製的古畫

那一次偶遇
距今十多年的那一個早晨

2

五個月前　我因為腰骨痛
每個早晨到公眾熱水池按摩
相鄰的大泳池中有近一百人
跟隨教練做水中集體操

竟然　我又發現你　你的側面
一頂灰黑間條的泳帽

微微惺忪的眼睛
不是將醒未醒
微微鬆弛的嘴唇
不是感到倦意

上次遇見你是在十多年前
那茶樓已經結業
你怎麼會一點不變老只是胖了些呢？

從此　每天早上
我在不停湧動浮沉的人頭中
尋找那頂灰黑間條的泳帽
在尋找不到的日子　我失望
突然失去你在1979年香港的深秋

我也曾考慮過
等你上了水　向你試探：
「你有姐妹嗎？
　我有一個朋友長得很像你」

我認得出長青的你
你不一定認得出老去的我呀
男裝泳褲這一問
女裝泳衣肯定受到驚嚇了

我只能繼續每天在泳池邊辨認
直到你不再來
是察覺到我的偷窺嗎？

3

今晨在圖書館門前
又重新遇見你
運動服推著自行車
沒戴帽子　我看到了陌生的髮型
依然是微微惺忪的眼睛
微微鬆弛嘴唇
可是身形和動作就不像你了

眼前的你
就是五個月前泳池中那一個你嗎？
五個月前的你
就是十多年前茶樓上那一個你嗎？
十多年前的你
就是三十三年前病床上那一個你嗎？

也許都是　也許部份是
也許都不是　只是你的轉世
或者你的替身

蒼天　是在憐憫我
還是用疑幻疑真來戲弄我呢？

憐憫我　我感激
蒼天也沒有戲弄我的本事

微微惺忪的眼睛
微微鬆弛的嘴唇
那就是你無疑

你出自天生的獨特的神情
是不可模仿的

2012年2月28日，烈治文。

世界和我互道早安

周一至周五　每一個清晨
商場開始營業前一個小時
兩三百人就從側門進去晨運
我獨佔走道旁固定的一角
打太極拳

不少人以步行兜圈作為運動
獨行的　並肩的　三三兩兩
斷續經過我的面前
多少年了　天天如此
從未交談也互相熟悉

我向每個經過的人打招呼
他們恐怕妨礙我打拳
總是作最輕微的示意

一個有教養的大陸女士搶先說「早」
我說：「早」
一個穿戴整齊的香港太太微微一笑
我說：「早晨」
一個印度漢子稍微動一下垂直的右掌
我說：「Good Morning」
一個撐手杖的上海老先生點一點頭

我說：「早　儂好」
一個英偉淡定的東歐漢子嘴角一翹
我說：「Good Morning」
一個謙恭的日本太太邊走邊鞠躬
我說：「Ohaiyo」
一個英裔男士的左眼向我「單」了一下
我說：「Good Morning」
一個文雅的菲律賓女士雙眼呆望我
我說：「Magandang umaga」
一個喜歡戴雪帽的非洲黑人略有停滯
我說：「Good Morning」
一個堆滿笑容的台灣先生急步而過
我說：「早」
一個看來是拉丁美洲少女抿一下嘴唇
我說：「Good Morning」
一個頭巾長袍的中東婦女用眼睛點頭
我說：「Good Morning」

周一至周五　每一個清晨
我打太極拳的時候
世界和我互道早安

2013年春，烈治文商場（Richmond Centre）。

The World And I Bid Each Other Good Morning

by Han Mu

Translated by Jan Walls

Monday through Friday, early each morning
an hour before the mall opens for business
two or three hundred people enter
      through a side door for their morning exercises.
By myself, I occupy an out-of-the-way corner
      practicing Tai-chi

Several people walk their rounds around the mall for exercise
alone, in pairs, or in small groups
every day it's been this way, for several years now,
and even though we've never chatted, we know each other well

I say hello to every passerby
but they're afraid of interrupting my Tai-chi
so they always return only the slightest acknowledgement

A well-bred mainland Chinese lady hastens to say "Zǎo"
I say "Zǎo"
A neatly dressed Hong Kong lady gives a faint smile

and I say "Joe-sun"
An East Indian man makes a slight movement with his right hand
and I say "Good morning"
An elderly Shanghainese walking with a cane nods his head to me
and I say "Joh, nong hoh"
A strapping stoical East European man raises the corners of his mouth
and I say "Good morning"
A polite and modest Japanese lady bows to me as she walks by
and I say "Ohaiyoō"
A British gentleman raises his left eye at me
and I say "Good morning"
A refined Philippina looks at me wide-eyed
and I say "Magandang umaga"
A black African who likes to wear snow caps almost stops
and I say "Good morning"
A Taiwanese gentleman with a faceful of smiles hurries by
and I say "Zǎo"
A Latina-looking young lady gives me a cautious smile
and I say "Good morning"
A Middle Eastern woman in head scarf and long robe nods with
her eyes
and I say "Good morning" to her.

Monday through Friday, early each morning
while I practice Tai-chi
the world and I bid each other good morning

Spring, 2013, in Richmond Centre

白頭鷹

妻子用了幾十年的一隻智慧齒壞了
我開車送她到牙醫診所
停車在門口

我等得無聊
索性回到司機座椅上
把椅背放平
平躺　仰臥
一雙用了七十多年的腳
擱在方向盤上

倒後鏡閃過我全白的頭髮
我閉目養神

視程的最盡處
至高的高空是金陽的藍天
隱隱　一隻張翅的白頭鷹
極緩慢的
一圈一圈地盤旋：逆時針

我漸漸浮起
思路逆向而行自己悠長的經歷
從近到遠　到更遠

紛繁而清晰
好像不遺漏每一個轉折
一步步　向生命的源頭

又一隻白頭鷹來了
一樣的緩慢
一樣的一圈一圈地盤旋
卻是相反的方向：順時針

不意之間
第一隻白頭鷹已改變了方向
與新來的配合　順時針
偶有相交的兩個大圓圈

海鷗幾隻突然闖入
亂飛亂飛
往事凌亂糾纏不清
夾雜了還沒有發生的情節

一陣不停的金屬巨響
由遠而近又立刻遠去
天車一列匆匆橫過低空
視線衝斷
我失衡跌落司機座椅上

妻子從診所出來
　「智慧齒怎麼了？」
　「不能再用　脫了」

2013年4月，烈治文。

焗豬排飯和熱鴛鴦

離別了那座急躁暴戾
喧鬧雜亂骯髒
「撐眼」「屈塞」「窄夾」
卻又充盈著活力的國際城市
那一座睡火山

我們三個人　坐到新大陸
寬舒　寧靜如死寂的
餐廳的卡座上
窗外微雨

母親　艾荻
你們以前見過面嗎？
你們是家姑媳婦之親啊
（她倆同時尷尬的對望了一下）

這裡的「金牌焗豬排飯」
源自幾十年前澳門的「焗骨飯」
我吃了幾十年
都沒有這裡的好

我發現恆久不變的
是人的味覺

一百多年前歐洲的餅乾
一百多年前美洲的罐頭沙甸魚
味道和現在的完全一樣
早已達到不能更好的極限

母親　你最愛吃的
是澳門渡船街「南記」的錦鹵雲吞
但「南記」三十年前已改賣爽身粉了

艾荻　你最愛吃的
是緬甸地道的咖哩雞
但現在緬甸已遙不可及了

這些豬排都去了骨頭
切成長方條狀　厚達半寸
表面微脆　肉質鬆嫩
加拿大的豬保證健康無毒
番茄和磨菇　炒飯用的雞蛋
放心　都是本地出產

焗的火候足夠　飯的軟硬適口
茄醬和芝士用量恰好
餸的量　還多過飯的量
世上不可能有更好的焗豬排飯了

再說跟餐的這杯熱鴛鴦
與焗飯同樣是中西結合的典範

紅茶與咖啡比例適中
用奶特殊　是最香滑的了

母親　雖然你愛喝中國茶
小時候　每天清晨你總是
沖好一大壺中國清茶
給全家全日用

艾荻　雖然你愛的是濃咖啡
那是你們南洋人的習慣
你們婆媳倆
不妨試試這不算極品也是上品的
港式熱鴛鴦

餐廳一直細聲地
似無還有的播放著
懷舊的歐西流行輕音樂
發自上個世紀那一個年代
緩緩流進我們的耳朵

那一個年代
緩緩流進我們的耳朵

細看對座母親斑白的頭髮
不年輕了　但也沒有老去
仍然是五十二歲的樣子
艾荻還是那豐滿的面頰

還是那靦腆又偶帶愕然的表情
應該仍然是三十三歲吧

音樂不是何非凡的粵曲
不是緬甸的民族舞曲
但這些輕音樂也是你們聽慣的
在那個喧鬧的國際城市

母親和艾荻一直沒有交談過
只是互相對看過一兩眼
只管聆聽我推薦食物和飲品
沒有說過話
你們的嗓音有改變嗎？

望向落地玻璃窗外的街樹
微雨沒有停
初春要到　葉芽還沒有出來
兩個野鴿子不知從何處飛來
半空中盤旋了一陣
轉瞬消失

我回頭
周圍原來已零零落落坐了些食客
只看見
桌上我食剩的半盤焗豬排飯
和還沒喝完的半杯熱鴛鴦
都冷了

微雨沒有停
沿著玻璃窗凝聚　像淚滴
一滴　又一滴　隱隱
滴向我的心

註：「撐眼」「屈塞」「窄夾」，粵語，讀音為「chang
　　眼」「屈　jut」「窄　gip」，意近　刺眼、擁擠、狹
　　窄。2014年1月10日中午，加拿大烈治文，愛彼茜餐廳。

一份小禮物

今天清晨　如常的
我們「晨運會」的一百多人
在商場寬闊的走道上
一起打太極拳

一位年輕的母親　陌生的
兩手拖著兩個中型行李箱
揹著背囊
帶著她年幼的兒子

母子穿插在我們的隊伍中
做甚麼呢？
每遇到一位男士
就送上一份小禮物

終於走到我的面前
塑膠袋裡一個橙　一包人參茶
小紅紙中英文寫著：
　　「父親節快樂」

我拔出照相機合照留念
小孩名叫 Vince　姓陳

我向陳媽媽表示謝意
不但禮物　是對下一代的教養

太極拳今天我不打了
拿著照相機做隨軍記者
意外的　令人氣憤的
有好幾個人拒絕接受禮物

說「暫時不吃」　說「不要」
我幫口解釋也全都無效
我不擔心這樣會教壞小孩
只怕傷了母子的心

一向不滿下一兩代人缺乏教養
今天卻見到相反的實例
我素來就覺得　不願意「接受」的人
往往同時是吝於「施予」的人

2014年6月13日，父親節前夕，加拿大「烈治文商場」。

"A Small Gift"

by Han Mu

Translated by Jan Walls

Early this morning, as usual,
our "Morning Exercise Club" of more than 100 members
were practicing Tai-chi together
along the spacious aisles

A young mother, a stranger to us, appeared
dragging two mid-size pieces of luggage
and carrying a knapsack on her back
leading her young son

Mother and son entered our ranks
but what for?
Each time she came across a man
she would give him a little gift.

Eventually she came up to me
In the plastic bag was an orange, a package of ginseng tea,
and a strip of red paper with the words:
"Happy Father's Day"

I pulled out my camera to take a picture for remembrance
The child's name was Vince Chan
I expressed my thanks to Mother Chan
not just for the gift, but for what she is teaching the next generation

No more Tai-chi for me today
I became a reporting correspondent with my camera
To my surprise, I was angered
when several people refused to accept her gift

Some saying "I won't eat right now," others just said "No"
I tried to help her explain but to no avail
I wasn't worried about the bad example they set for the child
I was worried they would hurt the feelings of mother and son

I've always worried about future generations lacking manners
but what I saw today was the opposite
I've always felt that people unwilling to receive
were also being mean to those who would give.

June 13, 2014, Father's Day, Richmond Mall, Canada

吾馬，髮妻

1.

書房的牆角冷落著
一幅二十五年前寫的書法
集石鼓文大字：〈吾馬樂其奔〉
題款小字用行草書：
　　「吾馬色白足短
　　雖不善跑　卻好奔馳
　　屬本田思域純種也」

馬和駕照都是新的
年不少　氣仍盛
有誰超我前　我就反超前
馬頭一下左　一下右
你我配合得恰到好處

2.

銀婚了
我感謝髮妻　髮妻也感謝我
二十五年沒有出過一次意外
我沒有因你而受傷
你沒有因我而受傷

互相保護　互相信賴
才是最深的愛

我老了　你也老了
我滿面皺紋　你滿身黑斑
我沒有嫌棄你
你也沒有嫌棄我

3.
姐姐從香港來探望我們
見到嫂嫂的模樣　說：
　　「香港人如果幾年不換新的
　　是很羞恥的了」

哥哥十幾年前就屢次對我說：
　　「如果不是經濟原因
　　就應該換新的了」

不是經濟原因　是感情原因
二十五年來多少次有驚無險
出生入死　同生共死

我腦筋手腳還算好
你近年百病叢生常進醫院
最近有幾次走不動　倒在半路中

4.

髮妻下堂　填房入門
新人青春少艾新潮
代溝　互相不適應

銀婚紀念原來是一次不情願的永別
只見新人笑　不聞舊人哭
而我自己　同樣是個舊人

2014年8月，加拿大烈治文。

中台港買唐裝記

1

幾年前應邀訪華
北京地攤買到一件唐裝短衫
只需人民幣98元
從此解除束縛
我不再穿西裝打領帶了

酒會　開幕禮　壽筵　喜酌
以及喪禮　追悼會
這一件藍色唐裝
生榮死哀　紅白皆宜
只可惜冬天不夠暖

2

去年應邀訪台
台北一下飛機就急急打聽
何處買唐裝

「唐裝」？　他們不明白
我解釋：直領　垂肩　中開
打結的紐扣　五粒或七粒

是滿族的便服

原來他們稱之為「中國服」
啊　中國在此

我們大漢民族人多勢大
　「國語」其實是漢語
　「國音」其實是漢音
　「國文」其實是漢文
　「國學」其實是漢學
　「國畫」其實是漢畫
　「國醫」其實是漢醫
　「國藥」其實是漢藥
　「國樂」其實是漢樂
　「國劇」其實是漢劇
　「國術」其實是漢族武術

語言文字瀕臨滅絕的　滿族
服裝竟然獲尊為「中國服」
我心驚喜　我懷大慰

他們說：「中國服」很少有人穿了
我依電話簿打遍有關服裝店
又走過大街小巷　只有女裝旗袍

意外　國立國父紀念館禮品部
見到一件厚厚的「中國服」

服裝廠名為「五四」
衣料粗糙　手工一般
合加幣100元　但我不嫌貴

3

轉到香港又找唐裝買
走遍有關店鋪
要嗎是帝王專政的暴龍
要嗎是西化到不像唐裝
衣料全都是名貴的絲綢
好像是給人炫富用的
平民百姓買不起

「唐裝」或稱「中國服」
已升格為
皇族富族身份的象徵
又降格為
中國精神淪陷的表徵

2014年秋，加拿大，烈治文。

友善的環境

1

妻到東部訪友去了
我獨自到茶樓早餐後回家
駛進「花園城市路」
入了慢線　停在紅燈前

左邊的車與我車齊頭
駕駛座上年齡若我的白人婦
向我微微甜笑
我除下墨鏡　還以顏色

氣質高雅　五官精緻
想年輕時圍繞著浪蝶狂蜂

綠燈　開車
終於又雙雙停在紅燈前
隔著兩層窗玻璃
我豎起左手兩隻手指成V狀
相視而笑　我指指前方
豎起三隻手指

果然　第三盞又是紅燈
又雙雙停下來
我佯作大笑狀　她也笑
我又指指前方　豎起四隻手指

綠燈　開車　巧了
又是一起並排在紅燈前
我豎起四隻手指
再加上右手的大姆指
然後指指前方　看樣子
大家都期望著第五盞是紅燈

左面沒有車　應是左轉走了
突然一聲喇叭　像女高音
我及時回應　低沉的男低音
她再一聲　我又一聲
聲滅　緣盡則滅

2

車轉到「格蘭湖路」
又見到木籬笆外的紫籘花
前天我曾下車拍攝的現在開始落了

左前方出現黃光閃閃
金鏈花在朝陽中擺盪
在對頭車路荒地的外圍

我駛進社區中心的停車場
再橫過馬路去拍攝吧

一個華裔女士
帶著她約兩三歲的女兒
坐在社區中心門口的石座上
小女孩突然指著地下：「a」
原來是一隻匆忙黑螞蟻
幼童注意的總是最小的東西

「她說甚麼了？螞蟻嗎？是ant」
「她只說了『a』一個字」
我說：「a for apple, a for ant, bye！」
母親教女兒向我揮手
母女一起說：「bye-bye」

3

金鏈花拍攝完了要回去取車
穿過社區中心室內的走廊
一對白人青年男女相對坐著
意外　女的靦腆的向我點頭

為甚麼要向我點頭？
原來男的正用雙手
不斷輕拍女的雙膝的外側
一個含義不明

親蜜而隱密的動作

男的也轉頭望我：「Hello」
我停步　回頭
豎起兩個大姆指　相對鞠躬
他倆先是詫異
繼而相視微笑了

後記：2015年5月3日上午，一個小時內，遇到友善的老、
　　　中、青、幼，實錄之。是友善的環境使人友善，還是
　　　友善的人造就了友善的環境呢？

韓牧和應林爽妹

香港陷泥灘
一飛沖天紐西蘭
成就逾 Cook Mount

在港不起眼
士別三日刮目看
可是假林爽？

故鄉遭惡浪
流浪眼看流淚眼
無計挽狂瀾

2015年5月。

附：林爽原詩：

　韓牧喜重逢
　唱歌書法樣樣通
　多產白鬚翁

戀愛巷・電影館

澳門好友潘錦玲電郵告，我出生地戀愛巷剛建成了「戀愛・
電影館」，相當於電影博物館，有感。2015年9月。

突發而震耳　第一聲哭
從暗紅色的木百葉窗傳出
在凌晨的冷空氣中迴蕩
然後降落
潛入陡斜的碎石路面

那一個邈遠的春夜
正是花朝節
正是百花的生辰

想來沒有其它　只有花
才能贏得所有人的喜愛
花謝變成果　果中有種子
種子發芽　生生不息

因而　花　成為戀愛的象徵
我是雙親的戀愛的延續
我又延續著雙親的戀愛
戀愛　似乎是現實的虛像
如光影交錯的電影

震撼人心的戀愛的尾聲
正如初生嬰兒的第一聲
也一定是哭
如〈梁祝〉〈羅朱〉〈魂斷藍橋〉

但這一種哭卻是無聲的
只在心裡暗泣

企鵝「丁丁」

那一年　那一天
一隻滿身油污受了傷的企鵝
喘息在巴西的海灘

誰想到南極的企鵝
會出現在熱帶？
誰也不知道它何故受傷

一位漁民把它救起
療傷　餵食
痊癒後放回海中

幾個月後　企鵝回來
尋找救命的恩人
漁民為它取名「丁丁」

從此　每年的繁殖期之後
「丁丁」總是不辭艱苦
遠游八千公里從智利到巴西

企鵝不是人　是堅貞的動物
「丁丁」認定那位漁民

是它終生的家人

2016年3月，觀電視新聞後作。

此生的得與失

近年常常感到
活到現在無慮衣食
又沒有大病惡疾
所處環境清朗簡潔
友善透明　公平公正
遠離黑社會和白恐怖
有言論自由　有緘默自由
這種生活　再滿意不過了

從出生到現在
其實經過許多轉折
每一個轉折
導至我走上另一條新路
轉轉折折才走到現在這一點

所謂轉折　都是挫折
我要感謝挫折
沒有它們我不會走到
這滿意的一點

抗戰時家貧　「失學」
八歲了還沒有入學
幸得同姓長輩交學費堂費

由他的女兒帶我入讀
她讀的那一間小學

校風嚴謹全澳聞名
畢業生可以免考直升
全澳手屈一指的一間名中學

如果我沒有「失學」
我應該沒有進這兩間名校的機會了

少年時
初戀「失戀」要生要死
我找到書法這個代替品沉迷其中
還曾立志終生不娶
學了幾年成為全港青年書法冠軍

如果我沒有「失戀」
就沒有這個直到晚年仍具創意的書法家

青年時
為遭到凌辱和恐嚇的同事出頭
被工廠開除　「失業」
後蒙文友介紹進了一家大公司
獲派到全中國各省市洽談業務
有機會深入瞭解祖國

如果我沒有「失業」
不可能屢次獲得詩獎
因為獲獎作品都是以中國為題材的

中年時
妻子因癌症辭世　「失偶」
回魂夜我一口氣寫出一本《回魂夜》
我寫過十多本詩集
就只有這本為人記住
幾年後　遇上第二個春天

如果我沒有「失偶」
沒有遇上第二個春天
我不可能寫出《回魂夜》
也不可能以家庭團聚移居這裡
過我滿意的晚年

童年　少年　青年　中年
每一個挫折
每一個「失」都隱含轉機
引來一個新的「得」

晚年　還有甚麼好「失」的呢？
除了「失憶」
朋友問我願不願意「失憶」
我說我有這麼多美好的回憶
當然不願意

如果明天有一個「失」殺到
我想也一定隱含轉機
引來一個新的「得」
只是難以預料「得」甚麼而已

2016年4月，烈治文，美思廬。

魄散魂離記

這十幾天我不知道自己算個甚麼人
混混噩噩　胡胡塗塗　迷迷惘惘
日夜顛倒　時差？　沒這麼簡單
顛倒？　沒這麼簡單　是混亂
還有地差　甚麼是地差？
這十幾天我不知道自己算不算個人

明明從東半球飛了十萬公里
明明回到了西半球
明明是從韓國回到了加拿大
醒時迷迷糊糊　睏了　上床
到凌晨兩點或三點或四點
還睜著眼　只一瞬間
看鐘　又過了兩三個小時了
腦　一直在活動
分不清自己有沒有入睡過

十幾年來吃慣了的安眠藥
有需要時才吃的　有效
現在突然失效了　加倍吧
還是眼睜睜的無動於中
美玉在香港　我一個人在家
神智不清時整瓶吞了怎辦？

還是先把它收藏才好

看鐘　是三點正
正是回魂夜的時間
是我的魂從東半球回來了嗎？
是凌晨三點還是下午三點呢？
窗簾全閉了　不知道

我知道　我身在加拿大
但滿腦子都是韓半島
我當然是在加拿大我的家
看清楚　這電腦就是我的
每天看七八個小時還會認錯嗎？
這是我的睡房　我的廚房
為甚麼眼前的景物
好像是韓國的呢？

我的三個工作室
凌亂的紙質物
二十年沒有收拾整理過
書籍報紙雜誌書法詩稿信件
我敢說　也一早就說過
我的家
是全加拿大所有作家藝術家中
最凌亂的　冠軍
就是沒時間去收拾
但又是誰都代勞不了的

新搬進來時
本來一個書房是寫詩作文用的
一個工作室是寫書法用的
各有一張的大書桌　大過雙人床
現在全被擠滿了堆滿了
我裁紙　寫大字　都沒有地方
連寫詩都要到廚房的飯桌
飯桌也剩下半張了
半張堆滿了來信和請柬
本來起居室還有一張
大大的意大利綠雲石餐桌
臨移民時在香港買的
桌面早就堆滿　除了紙質的
我也想不出來甚麼東西了
全屋大部份的地面
也都泛濫　只留下窄窄的通道
我工作的境域
早就擴張到睡房了

全屋兩層 2400 平方英尺
只兩個人住
兩個大廳一個大房
三個中房一個小房
三個廁所一個雜物房
全堆滿紙質的東西
連廁所也放了待看的書報
無法整理　只有等待火災

已經很久不敢開大門接待朋友了
許多年了

全加拿大最凌亂難看的
作家藝術家之家
但我自豪　我不是懶
我最勤力　我不知道
有沒有人比我有更多的生產
詩文　書法　書信　攝影
不知道有沒有人比我有更多的
公開的社會活動
一年七八十次

看著看著打開的行李箱
裡面是凌亂的衣物
到底是回到家　未及整理
還是正在收拾準備出門呢？
到韓國去嗎？
剛從韓國回來怎麼又要再去？
那就不必回來了
還是　這是慶州酒店的房間
還是首爾仁寺洞酒店的房間？

記得回來的第一個晚上
我從凌晨三點熟睡到次日下午三點
自然醒來
整整十二個小時

這之後就沒有再真正的睡過
這就算是最後的一次睡眠了嗎？
人可以長期不睡眠嗎？
那還可以是個人嗎？

我知道有所謂人格分裂
有所謂精神分裂
我身在何處呢？
腦在何處身就在何處
為甚麼身在這裡腦在那邊呢？
身首異處還算是個人嗎？
有所謂身體分裂這回事嗎？

慶州東國大學校中
莊嚴肅穆的開幕禮
趕來趕去跑場的分組討論
像被鬼追的限時十分鐘宣讀
客氣的和不客氣的爭辯
奇幻的雁鴨池的夜遊
人說觀光　我說是觀黑

首爾韓國外國語大學校中
平靜或急迫的宣讀
同樣是不停的輪流交換的合影
百年館的玻璃窗下
開課日熱鬧的嘉年華
活力的可愛的男女學生

若干年後就在這講壇上

還有慶州的豪雨
車子在豪雨中迷路
還有首爾的陽光
車子在陽光中迷路
佛國寺　昌德宮　青瓦台
韓屋　仁寺洞　明洞
甚麼都混在一起了

景福宮？　是真的景福宮
還是溫哥華的韓食館「景福宮」？
人參雞湯的人參不是粗如手指
而是幼如韓國的銀筷子

是主觀支配客觀
還是客觀支配主觀的呢？
我思故我在
還是我在故我思？
我在韓就思韓
我思韓就在韓嗎？

真分不清是睡是醒是夢是幻
這些睡醒夢幻是真是假
還是都混合一起
說來說去
人格分裂　精神分裂

時間分裂　地域分裂
但身體分裂可以存活嗎？
這種存活又有甚麼可戀呢？

這種分裂像是一種酷刑
就是不許睡
躺下來　醒　要睡
又無法入睡　不敢吃安眠藥
因為甚麼時候　好像剛剛吃過了
起床　腳步輕浮　頭有點暈
馬上躺到床上　卻又精神翼翼
在韓國的點點滴滴一一重現
接著　就重重複複的顯現
又再精神起來了

總是想著　那些朋友
初相識的散佈地球的朋友
一大堆名字　一大疊名片
一個個報上名來　附上照片
照片是活動的　帶笑容的
有一次一個個排列整齊
像要給我檢閱

在我所屬的分課和作「司會」的分課
我總是強調
為甚麼是我們幾個共處一室？
而不是別的人？難以解釋

只能依佛家的說法：緣份

這些年每天晚上都看TV的韓劇
是假的韓國？　還是
這現實的韓國是假的？
那我腦裡的韓國是真的嗎？
還是真與假混融在一起？

總是想著　朋友間的閒談
沉默　笑聲和歌聲
豪華的宴會廳　精美的酒食
只有我敢的詼諧的取笑
天生風趣不莊重的致詞
大風雨中所有人都變狼狽

這裡的確是我的家
的確是我向西的睡房
為甚麼會向西？　韓國在西
看藍天白雲　與韓國的無異
一樣的蔚藍　一樣的雪白
白雲　一樣的瞬息萬變
連瞬息萬變
都可以變得和韓國的一樣

但藍天白雲下面的地呢？
這入秋後仍然青綠的草坪
不是東國大學的草坪

不是南山谷韓屋村的草坪
各種各樣的花
都不是木槿花
看前園我手植的黃玫瑰
開始凋謝　這紅楓
二十多年來我看著它
從一個人高長到高過屋頂
好像要和自生的冬青比賽
這寧靜的小巷　寧靜的鄰居
這些松　杉　柏
櫻樹　楸樹　七葉樹

我不看也知道
背後是我的後園
二十年前　一粒白樺的種子
飄來　降落在錯誤的落點
而今成了搖曳生姿的婆娑大樹
遮掩了我後園的門窗
東南角圍欄處
紫竹叢與老櫻樹爭地又爭天
又都被後鄰過來的金銀花纏上
枸杞的紫花結成了橙果
手植的水晶梨的小果凋落一地
白杜鵑下　是家貓的葬身處

寧靜中又響起學者們的朗讀
每個人的聲線　語調

語速　節奏都不同
我全都有印象
都分得出　甚至可以模仿

我活在哪裡？
我活在已經過去的那幾天
我此生中那特殊的幾天
時間　暫停了似的
我知道太陽移動地球移動
時間也移動
但我仍重重複複的活在那幾天

研討會六十多位與會的學者
我之外　就只有一位姓韓
首爾大學的韓瑞英教授
她是韓國人　她姓韓
她的祖先是中國人嗎？
我這姓韓的加拿大人
我的祖先是韓國人嗎？
同是姓韓應該有相同的祖先吧？
她也算中國人嗎？
我也算韓國人嗎？
幾百年前在同一個家族裡嗎？

前幾晚我發夢
也不知是不是醒著發夢
夢見身處一個莊嚴的大廳

韓國總統笑嘻嘻的
頒給我一張
「大韓民國名譽國民」的證書
我聽不懂總統的祝賀語
好像叫我做「韓牧師」

觀光那天去了「南山谷」的「韓屋村」
南山？在東半球那深山上
有我祖父的墓
我記得清清楚楚
麻石墓碑刻著：
「本山坐乾向巽
屯於南山大排之原」

「韓屋」是甚麼意思？
在廣東　在香港新界
楊屋　就是姓楊的人聚居的村落
李屋　就是姓李的人聚居的村落
那麼　韓屋就是我的家了嗎？

國籍不同卻有相同相似的姓名
用相同的文字　我的姓名
中國國語發音是「Han Mu」
韓國國語發音呢？
聽到他們私下交談稱呼我
「韓」相同於中國北方語「Han」
分別只在於漢語陽平　韓語陰平

「牧」相同於我母語粵語「Moke」
分別只在於粵語陽入　韓語陰入
粵語保存了中國古語音　可見
韓語同樣保存了中國古語音
這個入聲　粵語還分陰入陽入中入
現在的中國國語已經沒有入聲了

今天早晨　我發現西邊天上
有一個淡白色的下弦月
是餞別宴上
韓國研究生那個下弦月嗎？

而現在是黃昏
橙紅的太陽慢慢的沉降下海
我知道不是下海
是下到海上的天空
我無法攀上去
攀附在太陽身上向西運行
我只能目送
直到天色全黑
我盤算著
太陽已經在你們那邊升起
你們快要起床了
我守著黑夜　我守在這裡
等待著叫一聲：「韓國　早安！」

2016年9月21日，韓國歸來作。

真情的紀念
——記關慧貞

又是黃葉滿地的深秋
小廣場的先僑紀念碑前
站滿了有心的人群
國殤紀念會已經開始

左方　三級政府的政要
部長　廳長　各級議員
交頭接耳　在寒暄
所談的看來與紀念會無關

她　全程沉默神色凝重
幾十年來她從不間斷的當選
從市議員到省議員　最近
當選為聯邦國會議員了

最後的環節是敬獻花圈
各機構各團體以及個人
依次把花圈放在紀念碑前
一鞠躬　就完事了

輪到她　她雙手持花圈
先向紀念碑一鞠躬　放好

然後垂頭　沉思一會
再抬頭仰望碑旁的銅像

刻苦的華工　英勇的華兵
然後她轉過身來
向坐在前排那一群華裔老兵
深深鞠躬

2016年11月11日，國殤日。

黑頭髮

少年時聽過一首烏克蘭民歌
《黑頭髮的姑娘》
可以想像到　當地
黑頭髮是罕見的
是珍貴的

此地　此時
青年少年的黑髮
都染成深淺不一的泥黃
以至紅色　橙色　綠色
藍色　紫色　白色

老年人的白髮
中年人的灰髮
許多也染成棕色了

此地　此時
黑頭髮是罕見的
本色　是最珍貴的

2017年2月，烈治文。

網紅臉

當今美少女的臉
有標準的模式：
眼睛大如雞蛋
下巴尖如刀削

萬人一面　毫無個性
只有這畸形的共性
這畸形何來？
自拍

2017年2月，烈治文。

手錶・相機・襯衫

手錶

那次餐會與漢學家王健同桌
他坐在我左鄰　我發覺
他在凝視我的手錶
面露欣賞的神色

這個錶面　錶邊　錶帶
全是黑色的方形手錶
許多人讚賞過

我說：移民前在香港
戴的都是瑞士的機械錶
這個世界工廠的石英錶
是此生最便宜的
原價十五元　半價

相機

我隨意拍攝的生活照片
常常獲電視台選上

寫詩的「韓牧」沒有成名
但加拿大各大城市
粵語電視台的觀眾
都知道加西烈治文有個「韓牧」

不少朋友問過我
用的是甚麼相機
我答：是最低價的
兩百元左右的日本傻瓜機

我說：
除了有特殊需要的攝影
現在的傻瓜機都足以應付
照片的藝術性
主要在人　不在機

襯衫

移民前在香港穿的襯衫
主要是港產
偶然有日本產　意大利產

來加拿大後衣著品質下降
衣物有澳門產　印度產
印尼產　中美洲產　南美洲產
在香港幾十年從未見過
聽也沒有聽過

我穿的衣服
從來沒有人讚賞

最近的一件紫色厚襯衫
純棉　（妻說有絲絨的感覺）
穿起來常常有人讚賞

晨運時　那些穿名牌的太太
衣服鞋襪每天不同的太太
都說好看

文學聚會時
曾在大學教藝術的女詩友
說眼前一亮
一位女文友說
像一齣美國電影中男主角穿的

到 Canadian Tire 買東西
收銀的白人美少女說它美麗
看了又看

我真不好意思對她們說：
產地是斯里蘭卡
是我此生最便宜的襯衫
忘記是三元還是兩元了

是在二手店買到的
二手貨
或者三手貨

2017年6月，烈治文。

陪學者們遊溫島

2017年7月18日，陪同來溫參加「加華作協」30周年「第十屆華人文學國際研討會」的學者們、渡海到溫哥華島，參觀了省府大廈、Butchart Garden、維多利亞大學等處。

卑詩省的省會

為甚麼卑詩省的省會
要定在老遠的溫哥華島呢？

加美制定國界線時
以北緯四十九度為準
從東到西劃過來
就要割去溫島的南部

先輩有智慧
立刻將省會從「新西敏市」
遷到維多利亞
對美國說：「省會不能割」

於是國界線入海後
向南繞過
保住了完整的
幅員廣大的溫哥華島

省府側門的木浮雕

驟眼
是一對鳳凰
有強壯的雙腿

依稀
無身軀　有頭頸
似乎由植物組成
長而彎的葉片
是長而彎的尾羽

葉片之間有果實
是甚麼果實呢？
能與神鳥合體的
一定是仙果

藝術家創造了
上帝　創造不了的
神與仙合體的生物

加拿大日落

玫瑰園中
數以百計的品種
我只看花
完全不理會標示的名稱

「Canadian Sunset」
赫然入目
是它主動走進我眼睛的
這兩個英文字

為甚麼其它文字沒有走進來呢？
我相信緣

就是這兩個英文字
我從這一朵平凡的紅玫瑰
看到了遼闊的國土
遼闊的大自然

六方會談

我們四個人走進涼亭歇腳
涼亭裡坐了兩個白種人

四個人談起了朝鮮的核危機
她說：六方會談在這裡重啟
她說她代表中方
韓國朴教授代表韓方
兩個白種人代表美方和俄方

她邊笑邊說：
「美玉姐代表日方
　你　代表朝方」

中方韓方大笑
美方俄方不知道他倆笑甚麼
我倆笑不出

涼亭出來　是意大利花園
睡蓮池中央有一個圓台
圓台邊是六隻青蛙的塑像
背對背
各自各噴水

大學的前門

旅遊車到達
維多利亞大學的範圍
大家要拍照留念
但找不到前門

一定找不到的
因為沒有

民主就是開放
開放就是不設門闈
既無前門
也無側門
更無後門

合唱生日歌

旅遊車上
個人歌唱表演完畢
有人提議大合唱
找一首人人都會唱的歌
由我領唱

我說唱生日歌好了
慶祝「加華作協」三十歲
慶祝加拿大一百五十歲

「Happy Birthday to you
　Happy Birthday to you
　Happy Birthday to 加華作協
　Happy Birthday to you！」

「祝你生日快樂
　祝你生日快樂
　祝加拿大生日快樂
　祝加拿大生日快樂！」

唱畢　我說：
「我謹代表加拿大總理
　感謝各位外賓！」

風的緣故

——悼詩魔。「因為風的緣故」是其名句。何謂風?小學時
課本說:「空氣流動,便成為風。」

群眾共仰
仙島上一座高峻的泰山
山頂應該生長著
叫不出名字的奇花異果
奇異的氣味下凡到人間
因為風的緣故

信眾膜拜
夜空中一座回歸的北斗
斗中應該滿溢著
叫不出名字的醇醪烈酒
讓人進入迷醉的魔法
因為風的緣故

聖火也要熄滅
因為風的緣故

2018年3月19日,聞消息後即時成稿,加拿大。

與名人合影
——詩魔逝世的啟示

有學者說：
「當天夜裡
　洛夫先生在微信裡的風頭
　如期躔壓過了李敖...
　多了許多各自與洛夫的合影」

「有責任將中華文化薪火相傳...
　勝過千萬張合影與千萬句恭維」

我反省　二十年來
我有過「與洛夫的合影」嗎？
我有過一句「恭維」嗎？
想不出來　沒印象

在加拿大這民選國家
誰都可以很容易的
與議員　市長　省長
甚至與總理合影

如果回到母國出示
很可能得到名聲

幫助生意　名利雙收
其實政客也因親民得到選票

請名人為書籍寫序文
以及名人為作者寫序文
其實同樣是互利的

我沒有與洛夫先生單獨合影過
卻有過一次
宴會餘慶的抽獎
我妻幸運抽到他的墨寶
兩人與墨寶合影時
洛夫先生力邀我一道
免為其難
成了唯一的三人合影

與名作家合影
對寫作沒有實質的好處
倒不如讀其作品從中學習
才是對名作家尊重
不幸的是　作品看不懂

註：詩中「學者說」，引自蕭元愷〈從洛夫先生看文化傳
　　承〉一文，溫哥華《高度》周刊，2018年3月23日。

2018.3.25.加拿大烈治文。

周潤發與范冰冰

在粥店吃艇仔粥和腸粉
忽然想起了周潤發
那一年春節期間
他在九龍城那平民粥店
吃同樣的早餐

我對座的食客在看早報
說范冰冰已被關押了
我不知道她吃的是甚麼

我只知道
周潤發擠地鐵　擠巴士
范冰冰坐私人飛機

周潤發正義發聲
蔑視禁令　說：
「最多賺少些」

他與太太早已決定
死後遺產的百份之一百
捐作慈善

范冰冰吃的是甚麼？

「陰陽合同」的官司

2018年8月13晨，金津粥店。

破蛋

離家已經一個月了
暢遊東南亞回到溫哥華
下了飛機轉計程車
拖著沉重的行李
經過前園走向家門
天色已全黑了

偶一回頭
前園木牌坊頂
停了一隻羽毛黑白的大鳥
不動如雕塑
似乎對我凝視
牠的頭很大
應該是一隻貓頭鷹

真的貓頭鷹我從未見過
匆忙拔出腰間的相機搶拍
牠側頭看我
牠屬猛禽我有點害怕
但又捨不得不拍攝
於是躲到楓樹後面

沉寂良久
牠突然拍翼向我飛來
我驚慌失措以手掩面
可幸牠繞過我面前之後
迅速停在近處的楓樹枝上
但仍然在看我

牠要停到那樹枝上
其實可以直接飛去
不必先飛過我的面前
牠要在昏暗中看清楚我嗎？

也不知經過多少時間
牠飛走了

三十年來我郊遊無數次
白頭鷹　金鷹　麻鷹
都見得多了
貓頭鷹卻從未見過
為甚麼在離家一個月後
在這昏暗的冬天的夜裡
有一隻貓頭鷹
停在我家的門前呢？
是牠意識到這屋長期沒有人
要等我回來嗎？
牠等了我多少天呢？

我忽然記起
十六年前的冬天
家貓 Scott 逝世當日
我寫過一首〈家貓之葬〉：

「橢圓的泥窩
　　像一個繭　　像一個蛋
　　當你破繭成蝴蝶
　　破蛋成禽鳥
　　或者如我所祈望的
　　來生　　仍然是圓胖活潑
　　又沉靜又有主見的貓兒

　　蛋生的貓應該有一雙翅膀
　　一拍翅
　　就飛越五尺高的圍欄...」

破蛋成禽鳥
有一雙翅膀

2018年12月，烈治文。

祖國就是你，你就是祖國（節錄）

2019年1月16日早晨閱報，白樺昨天病逝上海，年89。反覆追憶，思緒凌亂，終夜不能入睡，索性起床作記。17日凌晨。

1

初識，在1987年香港的冬季，當時我寫了〈白樺〉一詩：

白樺

　　一頭白髮
　　輻射
　　命中所有的眼睛

　　向我們移近
　　卻反而縮小的
　　明星
　　不冷不熱
　　溫暖而可親

　　可以直視　甚至撫摸
　　每一絲白色的光芒

我於1989年冬移居加拿大，不久，收到他輾轉寄到的一封信，說台灣某出版社，要為他出一本書，他很想將我這首詩放到書中，希望我同意。我驚喜。

2

我到達加拿大後，旋即換軌道，新詩不寫了（十年後才恢復寫），專心研究書法，尤其是甲骨文的。為了創作書法作品，我自擬過幾十副對聯。家居北望，有一列白樺林，憑窗外望，總見到白樺，就想起白樺。我到加後第一副對聯，正是寫好寄贈給他的：

　　白樺思舊友
　　黃柳立新鄉

後來這書法作品有小序：「前年暮冬自港移此，見白樺林，思念好友，更感落寞。此地多柳，枝葉先黃後綠。古人折柳贈別，取其最易生根異鄉，以慰行人，而我，亦一黃柳乎？
　　九一冬，何思撝重寫。」

3

「您愛這個國家，
　　苦苦地戀著這個國家...
　　可這個國家愛您嗎？」

這戲劇對白
早已精簡成
人人熟悉的金句：

「你愛祖國
祖國愛你嗎？」

看來這愛祖國
是盲目的單戀
卻不是無緣無故
它緣於
非人性的狹隘的國族主義

一旦祖國成為民主的祖國
那時
祖國就是你　你就是祖國
有誰不愛自己的呢？

2019年1月17日。

生日吃甚麼？

早上起床　老妻說：
「今天　你喜歡吃甚麼？
　今天是你的生日」

是麼？
我即時想到長壽麵
壽桃包　生日蛋糕

八十次生日過去了
從來沒有做過壽

我記住我出生於
農曆的花朝節
而今天是我西曆生日

我出生之日？我想起媽媽
就去街角那間
我們去慣的 A & W
吃它的 Ma Ma 漢堡包吧

咦？今天是星期三
Ma Ma 特價

A & W 為我慶生

2019年3月，81歲西曆生日。

國語粵語之辯

1

華裔作家新春聯歡晚會上
一位嘉賓獲邀上台講話
他是一個文學團體的創會會長
是我的好朋友

他一開口就講廣東話
我暗叫不妙
恨不得上台提示他
他的廣東話一直講到結束

出席者六十多人
我統計過
聽不懂廣東話的
起碼佔三分一

他雖出身香港
卻是國立台灣大學的高材生
一口國語講得流利
為甚麼不講國語呢?

2

記得那年
一位好友競選國會議員
趁我們書畫學會聚會走來拉票
他一開口就講廣東話
我用手臂撞他一下
輕聲說：「講國語」

他立刻「轉台」
用半鹹半淡的國語
辛辛苦苦的一直講下去

那場合有不少大陸新移民
他不知道

3

聯歡晚會最後是猜燈謎
出身香港的主持人
偶然講一兩句國語
大部份時間講廣東話
我為他可惜
也為在場二十多人不值

演講嘉賓　燈謎主持
都是八十多歲的名作家

一定知道一句粵諺：
「見人講人話，見鬼講鬼話」
相信只是一時糊塗

4

散會時
我對一位中年作家談起
我說在這個作家場合
國語人人都能聽懂
廣東話卻有二十多人不會聽
除非自己不會講國語
沒有理由不講的

她的回應讓我震驚
她說聽懂國語的人
當然比聽懂廣東話的人多
但不應為了遷就這少數人
就不講廣東話而講國語

她又舉例說到
大家都認識的一對兄妹作家
哥哥有興趣學廣東話
妹妹一直不學等等
其意是人人都要學廣東話

我說我們都是作家
大家寫的詩文
包括你寫的
用的是國語還是廣東話？
為甚麼不講人人都聽懂的語言
而要講一部份人聽不懂的呢？

你應該記得
我們開理事會時
如果出席者都會廣東話
為了方便　我們用母語廣東話
當習慣遲到的妹妹一到
我們不是立刻「轉台」嗎？

她還是堅持己見和我爭辯
我說：
「我不再和你爭辯了
　再下去　我也變傻瓜了」

2019年3月15日，夜。

拍攝者言：誰感謝誰？

花兒　鳥兒　魚兒　貓兒　蝴蝶兒
水兒　風兒　雲兒　月兒　彩虹兒

你們美麗
我拍攝你們
是留給自己欣賞
幫助我寫詩
你們不必感謝我

我爭取把照片放上電視
給明天晚上看電視新聞的
千千萬萬加拿大觀眾欣賞

我爭取印成書本
送給圖書館
給未來數不盡的讀者欣賞
美麗的你們

我不是為你們服務
這不是我的工作
這只是我的興趣　我的娛樂
你們不必感謝我

沒有你們的配合
我就沒有美麗的照片
甚至沒有美麗的詩
我應該感謝你們才是

後記：一個演講會上，主講嘉賓是台灣小孩「曦曦」，四
　　　歲。有觀眾問他：「我每天工作，我都覺得好累啊，
　　　為甚麼你這樣有活力？」，曦曦答：「為錢做事，容
　　　易累。為理想做事，能夠耐風寒。為興趣做事，則永
　　　遠不倦怠。」

2019年10月21日。

寒蟬突變

晨起閱早報
有一段考古消息

英國某小鎮的一間老屋
地庫的雜物堆裡
發現一頁達爾文的手稿

那是1835年夏天
在東太平洋上
赤道附近一個小島上的筆記

當日天氣特別炎熱
風雲驟變下了一場冰雹
指頭大小的延續了一個下午
所有的鳴禽鳴蟲都啞了
包括最善鳴的那長鳴的蟬
都成了寒蟬

達爾文目睹　黃昏時
泥地上枯葉中有一隻蟬
雙翅微微振動
竟慢慢變成了七彩的蝴蝶

霎時拍翅飛上高空飛進雲中
他不相信自己的眼睛

一大群彩蝶千千萬萬
從天外翩翩而至
閃閃爍爍
遮蔽了夕陽無力的餘光

達爾文不知道突變的原因
更不知道突變所需的條件
他只記錄這難得的經歷

昨晚我發了一個奇夢
醒來歷歷在目
這早報上的新聞
竟然一如我昨晚的夢境

是我有預見歷史事實的能力嗎？
還是早報上的是假消息？
還是　這只是我一直以來的夢想？

夢想可以成真嗎？
達爾文研究不出它所需的條件
不論誰　即使上帝
也無法預知
寒蟬效應中有一隻寒蟬

會突變成蝴蝶

2020年8月5日，夜，床上。

大雁的下一代

一雙大雁物識了自己的居所
在市中心十幾層高的住宅大廈
一個陽台之頂
那狹窄的石屎地

都市也不是沒有小湖和池沼
牠倆一定是競爭的失敗者
只好來到這無水也無草之處

小雁雛孵出來了　七隻
天真活潑而無知
牠們不會知道與父母一樣
同樣是注定的失敗者

腳掌有蹼
理應在水中游
卻只能給滾燙的石屎地
煎

父母是鳥類
不能像熊　像狗　像貓
叼著子女的頸皮遷移
移民　除非有外力的援助

出生在限制自由的空間
限制不了對自由的嚮往
因為自由與生俱來
是天賦的　不只限於人類

天生有翼
理應屬於天空
日裡仰望陽光和雨水
夜裡仰望月亮和星辰
只盼望羽翼早日長成
飛上廣闊無限的天空
逃離這個死地

缺水缺草
不能再等了
等　就等於等死

孱弱的身體
發育不全的羽翼
牠們還是要飛
牠們不知道自己的命運
不但輸在起跑線上
還要死在起跑線上

在父母無奈的目送下
一隻接一隻

奮力拍動無力的雙翼
飛離死地　飛向生天

只拍了三五下
就一一墜下
爭取到的自由
只是幾秒鐘

純是求生的行動
換來自殺的後果
從來沒有上街
卻喪命於街上

後記：外甥女阿珊，住溫哥華市中心的高層大廈，一日憑窗
　　　下望，見其下幾層的一個陽台頂，有一個大雁家庭。
　　　她告訴我這件罕見的事。後來她與有關機構、團體多
　　　番聯絡，最後把這一家九口救出。詩的後段是我對現
　　　實的想像。

2021年5月4日。

Ecole James Gilmore

今天星期六，早晨開車，打算到河邊，車行只兩分鐘左右，
發現一間法文小學，名為「Ecole James Gilmore」。趁假期無
人，漫步環繞校舍一圈，河邊不去了。

這裡是烏克蘭

課室的一列長窗
向外貼滿幾十幅
學童們風格多樣的圖畫
畫的全是向日葵

有一些還加上
藍黃兩色的國旗
在花的上方
在花的旁邊
或者作為背景
或者作為花心

總標題是
HOPE FOR UKRAINE

這裡是烏克蘭
這裡

也有法文小學的嗎？

鐵柱和石座

走在龐大的廊檐下
每一根鐵的支柱
都漆上藍色
每一個石的柱座
都漆上黃色

看來是新漆的
應該在
今年2月24日之後

直立的鐵柱
堅固的石座
不管多大的暴力壓下來
都能頂住

國旗幻覺

學校正門的廣場上
矗立著一枝旗杆
翻捲著楓葉旗

我所見過的小學中學
都是如此

風靜了　風再起
楓葉不見了
只見到紅白兩色
上白下紅
那是波蘭的國旗

風靜了　風再起
國旗要張開又要捲起
要捲起又要張開
幻覺迷糊
白色變成藍色
紅色變成黃色

根在泥土裡

在學習種植的園地
有一個學童繪製的小木牌
「Let plant gro！Plesse」

畫了一株壯大的向日葵
這烏克蘭的國花
正是目前遭受踐踏的
烏克蘭的象徵

四個英文字　有兩個不妥
可見到學童的稚嫩
稚嫩卻有廣闊的心胸

還有天真細膩的心靈
畫出了眼睛看不到的
向日葵的根

根　在泥土裡
任誰去踐踏　再踐踏
也一定能夠生長

2022年5月7日。

移
植

而我
原是一棵不滿現狀的樹

我奮力
反抗著地心吸力
憑自力
向高空拔起

帶著枝葉　帶著根
在高空成為「飛樹」

──〈漂木與飛樹〉

國殤日紀念會

1

國殤日早上八時
首都渥太華是早上十一時
電視直播著
國家戰爭紀念館廣場的盛況
盛大卻沉默

戰爭紀念碑高聳
英國旗　加拿大旗　並立
間歇的砲聲隆隆
置身戰時狀態

《天佑我皇》樂曲第一句剛完
立時轉化為加拿大國歌
屬土轉化為獨立國

總督　代表著加拿大元首英皇
今天他一身威武的軍裝
聯同代表著所有英烈的母親的
「銀十字母親」一起獻花
我沉醉在新鮮的歷史

2

熄了電視　我立刻
急步到烈治文市政廳前的
那個十字架紀念碑旁
軍隊和騎警正列隊整裝

旗手　鼓手　號角手
預習著即將進行的操演
少年男女軍團陣容鼎盛
白帽的是海軍
黑衣的是陸軍
藍衣的是空軍

中國本土以外
華裔人口比例最高的城市
高達百份之五十的烈治文
海陸空少年軍士
絕大多數是華裔子女

他們不像忐忑的長輩
他們沒有身份認同的苦惱

3

鼓聲響起　儀式要開始了
我趕往搭乘「加拿大線」天車

再轉巴士趕赴溫哥華

「勝利廣場」正在下微雨
本省規模最大的紀念會在舉行
禮砲震響　群眾夾道　軍隊巡行
野戰車拖著野戰砲
幾架二戰時的舊式轟炸機戰鬥機
掠過廣場的低空

我追憶著戰時的艱險
我重溫著勝利的歡騰　．

4

趕到華埠的先僑紀念碑前
雨越落越大了
每年　加拿大深秋的國殤日
一如故國每年初春的清明節
天公　總是要落淚的

「中」字形紀念碑當中的一豎
刻上「加華豐功光昭日月」
栩栩如生兩個銅像
鐵路華工和華裔加軍
永遠頂著雨雪風霜
挺立碑旁巍然不動

國歌唱起來了
聯邦級和省級市級政要
外國使節　社區領袖
以及參加紀念會的群眾
撐起雨傘肅立
不用雨傘的是華裔老兵們
右掌貼近帽沿施行軍禮

還有鮮黃軍裝外套的
是一隊華裔男女幼童
軍帽分得出是海軍還是陸軍
一直列隊站在一旁

軍帽上有一隻海獺的
一個小女孩　是站得不耐煩吧
主動和一位華裔老兵握手攀談

蘇格蘭風笛吹響
少年軍幼年軍起步巡行了

5

散會後與朋友們茶聚
朋友笑說：
你今天參加了
全部四個級別的紀念會

聯邦級　省級　市級　鎮級
相信全加拿大只有你一人

我指著他左胸前那朵罌粟花
說：還有一個紀念會級別最低
其實最重要
它開在我們自己的心中

2012年國殤日，夜，烈治文家中。

鹹魚與棺材

2014年8月，觀烈治文海洋節展覽，見華工宿舍有感。

海風輕拂
大屋頂上的黃龍國旗
這是先代華裔魚工的宿舍

早出晚歸
帶一身臭汗和魚腥回來

每天　數以百計的三文魚
經過自己的雙手
而晚飯吃進嘴裡的
是白菜和鹹魚

憑窗望海
一艘三桅帆船正要啟航
滿載名貴美味的三文魚罐頭
遠銷到歐洲

睡在加拿大廣闊的國土
睡的是三層高的木板床
狹窄如棺材

寫一封家信到大洋彼岸
隱瞞實況　以免家人擔心
勇敢的　艱苦的營生

同樣勇敢的
是肯反省醜惡歷史的政府

凡是隱瞞醜惡歷史的
不僅是醜惡

貝克峰

貝克峰（Mt. Baker）是美國西端一座高逾一萬英尺的山峰，形似日本富士山。它接近加拿大邊界，因其高峻，在大溫哥華地區，常可見到。

沿著菲沙河岸散步
望向河水上源的方向
總見到貝克峰　在遠處
用冷冷的雪頂來刺我的眼

登上市區中心的公園
到瞭望台觀賞山景
一列五座加拿大海岸名峰
以及其間的天然滑雪場
親切得可以伸手撫摸

瞭望台上的銅箭頭指示
隱蔽在極遠處窺探著的
就是美國的貝克峰

它的監視無處不在
連我的想像也不放過
那天清晨我開門東望

它又矗立在朝霞之上
化身為酷肖其形的一簇白雲

剛才我從溫哥華回家
經過通向烈治文的高架橋
我白色的本田車作一個大轉彎時
突然出現在左窗　貝克峰
一如富士山不怒而威
傲視一片無際的加拿大土地

霎時我感到被冷藏在
一座狹窄的疾駛的富士山中

我緊握著方向盤　定一定神
我告誡自己：
我不怕被美國監視
也不怕被日本囚困

腳下　是加拿大的橋樑
頭上　是加拿大的青天

2015年。

鶯之魂

2017年5月4日清晨，美國德州加爾維斯頓（Galveston）市中心一座商業摩天大廈外圍地面，發現二十多種小型鶯科的鳥屍，近四百隻之多。

地球上各種鳥類的鳴聲不同
最悅耳的是鶯聲

我們是自豪的黃鶯
在熱帶的南美洲的森林
在隨風擺盪如吊籃的巢
自由自在地唱歌

花不常好　月不常圓
這些年
那些外來的野蠻的鳥
搶奪我們的食物
侵佔我們的巢
禁止我們發聲

親戚朋友集合起來
黃鶯　紅鶯　橙鶯
綠鶯　藍鶯
作一次冒險的北遷

四百成員排好長長的陣勢
出發
一條壯麗的彩虹升起

下瞰一片遼闊的森林
我們的家鄉
盼望環境一旦改變
我們回來

為了避開兇猛的鷹隼
晝伏夜飛
月光和星座為我們導航

忍住疲乏　　忍住飢渴
一氣飛越無處落腳的墨西哥灣
從熱帶飛到溫帶
飛到北美洲的海岸
繼續兼程

溫帶的夏季夜短晝長
有比熱帶更多的昆蟲
我們準備在那裡建築新巢
繁殖後代
悠長悠長的日照
讓我們有足夠的時間捕獵
哺育新生的子女

待到秋涼
子女們羽翼豐健
就組隊南返

我們預想著不久的將來
南返時的陣勢
以至回到家鄉
恢復以前的生活

星座不見了
暴風雨突然襲來
電閃雷鳴
為了避開風雨
我們下降低飛

曙光　在遠方浮露
向著太陽的方向
大家一起盡力全速衝去

劇痛之後
醒來
我是失去形體的遊魂

太陽
原來是發白光的摩天大廈
現代文明是騙子
冒充著大自然

我們的彩虹
黑夜中給撞碎
跌滿一地

新巢　在幻想中隱退
舊巢　在記憶中浮現
我回到了難忘的家鄉
在熱帶的南美洲的森林
在隨風擺盪如吊籃的巢
自由自在地唱歌

2017年5月，烈治文。

廣東茶・熱鴛鴦

1.

他在香港土生土長
祖籍廣東
難免有上茶樓「飲茶」的習慣
那就是飲普洱壽眉
吃廣東點心
有時加肉絲炒麵　滑蛋牛河

三十年前　他正中年
像許多香港人那樣
從香港移民來溫哥華
眼見廣東茶樓越開越多
西人把溫哥華稱為「香哥華」

他注意到
街尾那家意大利薄餅店
不多久就關了門
街頭原來有的老牌漢堡
聽說搬到埠仔去了
遲來先上岸
客家佔地主
是我們把西人趕走

他內疚

2.

二十年前
他步入老年了
退休後差不多天天飲茶
作為早午餐
這是廣東老人的習慣

這些年
大陸各地移民源源湧到
他目睹廣東茶樓的變化
心中黯然：
是要把我趕絕嗎？

廣東茶樓一間接一間停業
裝修後換了招牌
是他不會去吃的　湖南菜
四川菜　上海菜...

他們有錢　人數眾多
多的是富一代富二代富三代
他們也不是不吃廣東點心廣東菜
生在蘇州　住在杭州
食在廣州　死在柳州嘛
只是他們要吃高級的

龍蝦　游水魚　象拔蚌　皇帝蟹

於是廣東茶樓酒家
一間接一間裝修後升級
菜單另印　價錢抬高
他們喜歡吃　吃得起
也浪費得起
吃剩了不打包

他當然喜歡吃　但吃不起
廣東茶樓他也吃不起了

3.

人老精　鬼老靈
窮則變　變則通
他買急凍點心回家蒸
一樣有蝦餃　燒賣
鮮竹卷　蘿蔔糕　蓮蓉包
但味道差得遠了

有時他轉到 IKEA 家具店
吃以前一元一客
最近升到兩元半一客的早餐
十時前　咖啡免費
永遠是炒蛋香腸　帶皮薯仔粒
多吃幾次也就厭了

終於有一天他悟到
他根本不是廣東人（祖父才是）
他是土生土長的香港人
於是改到港式茶餐廳去
咖哩牛腩飯　　或者
鮮茄豬排焗意粉
配熱鴛鴦

2018年5月，加拿大，烈治文。

2018年烈治文市選事

賄選

一個中國大陸城市的同鄉會
在社交媒體群組
許諾提供免費早餐
以及二十加元「交通補貼」
要求只投票給一個女律師

名單

一些集會上
出現一份華裔候選人名單
提倡華裔只選華裔

名單內一些候選人
說從未被諮詢過
反對這分裂社區的行為

沒有自由民主習慣的新移民
卻會利用自由
去傷害民主

彗星

有一個甚麼民族黨的創黨人
平時全不露面
當然對我市全無貢獻

不過凡遇市選
就出來競選市長
此人來自中國大陸
好像叫 Chen 甚麼

恍如天上的一顆彗星
每四年一遇

我記得某次市選
他得票率是百份之一
選他的當然是他的黨友
還有老婆仔女　姨媽姑姐

明知選不上
但可得名譽
回到母國招搖撞騙

民主國家參選門檻低
就算是諾貝爾獎
據悉只要是大學的教授
或者有關團體推薦就可以

難怪我的一個香港詩友
也是諾貝爾文學獎的候選人

候選人每年數以百計千計
今年的和平獎
就有三四百人

2018年10月20日，烈治文。

漂木與飛樹

1

一棵樹折斷了
落在河裡浮到海裡
不自主的隨水漂流

日日夜夜
枝葉都腐爛了
就成了「漂木」

樹的屍體
隨著水流的速度和方向
無法停歇　無所歸宿
縱然抵岸也不能復生
它懷念著留在故土的根

2

而我
原是一棵不滿現狀的樹

我奮力
反抗著地心吸力

憑自力
向高空拔起

帶著枝葉　帶著根
在高空成為「飛樹」

看準了
我垂直插入一片陌生的
卻是我自己選擇的土地

我抵抗著風雪
吸收著新土的新營養
新的空間的陽光和雨露
繼續成長

我有新的枝葉花果
我沒有「漂木」的鄉愁

2018年11月，曼谷。

三位晨運朋友

著名的祖國

今晨碰到他了　我問：
「日前你的祖國發生空難
　　你的家人親友有影響嗎？」

我明知道沒這麼巧
只是關心他的
以飢餓和長跑著名的祖國

天氣不冷他也會戴雪帽的
他是非洲黑人
來自埃塞俄比亞

恐襲

記得三四年前
我見那梳了辮子的女士
有點像印度人卻不完全像
就問她來自何處
她說是斯里蘭卡
「我知道你們的錫蘭紅茶」

今晨我走向她：
「你的祖國不幸了
　　教堂酒店遭到恐襲
　　死了幾百個人
　　你的家庭朋友怎樣了？」

「他們住得很遠
　　平安　謝謝你關心」

好禮貌

每天清晨都互相見面
也有七、八年了
但一次也沒有交談過

他一向與兩三個同胞快步同行
一兩個月前
他開始要撐拐杖了
於是獨個兒慢慢散步

今晨他特意走到我面前
問我是不是日本人
我說不是　　「是中國人嗎？」
「我是香港人
　　你是菲律賓人吧」

他說我每次見到他
總是微笑　微微鞠躬
因而以為我是日本人
我說這確是日本人的好禮貌
我學他們的

回家一想　我無意中
為香港人爭到了面子

2019年3月－4月。

堅忍的偷渡者

一個四十尺貨櫃箱
從深圳港出發
浮渡 8370 公里的太平洋
二十五天後到達溫哥華
再接上十小時的車程
抵達喬治王子市

當工人打開貨櫃箱
搬出裝著汽車玻璃的紙箱時
發現盡頭處
一隻全身癱軟的小貓
倒在咬碎的紙板和發泡膠中

可憐　這奄奄一息
黃黑虎紋的小生命
無糧無水　孤獨無援
密封在無光無期的黑暗中
無力無望的掙扎

感謝北半球嚴寒的冬季
貨櫃箱邊緣凝結了冰
小貓靠舔內壁上的冰水
延續生命

應該是一隻流浪貓
苟活在不尊重生命的國度
無心　或者有意
成為偷渡者

忍受盡饑渴和恐懼
像所有的偷渡者一樣
以生命作賭注
結果　堅忍的她　贏了
成功抵達視貓如人
而非視人如畜的
尊重生命的國度

動物保護協會預計
救活小貓的特殊醫療
費用達 2760 加元

網站上募捐僅僅幾天
已籌得善款兩萬多元
不少家庭爭取領養

2019年4月。

這一票

加拿大人
勿忘投票

這一票　寶貴
用生命換來的

別人同樣用生命
也換不到

2019年10月21日，聯邦大選投票日。

This Vote

by Han Mu
Translated by Jan Walls

Canadians
must not forget to vote.

This right to vote, so precious,
was gained in exchange for lives.

Others have sacrificed their lives
and still not gained this right.

戴花之詭辯

1

這些年我留意到
每天到烈治文商場晨運的
有兩三百人
每年國殤日期間戴小紅花悼念的
就只有三個老人

一位是日裔的土生女士
另一位女士是香港老移民
丈夫是本地白人
一個是我

她們倆每年向我表示不滿
說新移民無情
不知感恩　更不知報恩
我說我也寫過一些詩文批評
我沒有別的辦法

想不到我們三人心裡的話
竟然引起全國性大新聞

2

八十五歲的冰球評論人
當了節目主持三十八年的
名嘴 Don Cherry
在電視節目 Hockey Night
Coach's Corner 環節上
批評新移民很少戴罌粟花

Don 說：你們喜歡我們的生活
喜愛我們的牛奶和蜂蜜
但至少應花一兩塊錢買一朵襟花
加拿大士兵為了你們的生活
付出過代價　沉重的代價

這番話立刻引來群眾猛烈的攻擊
鐵漢嘴硬不認錯
於是電視台解雇了他
指他的言論有歧視性及冒犯性

多倫多市長 John Tory 發推文
說只要到舊市政大樓看一看
便會見到數以千計不同年齡
不同族裔　不同宗教　不同背景的人
在悼念表揚陣亡加軍

【許多人參加紀念會

就證明許多新移民戴花嗎？】

印度裔的聯邦新民主黨黨領
駒勉誠在社交媒體上
貼上他祖父的照片
說祖父當時作為英軍
參加過兩次世界大戰

【你的祖父參軍
就證明許多新移民戴花嗎？】

有人批評 Don 特別針對新移民
說第一次第二次世界大戰的軍人中
亦有來自移民家庭

【早年移民參軍
就證明許多新移民戴花嗎？】

阿省獨立議員 Paula Simons 在網上表示
並不覺得新移民沒有佩戴襟花
或不感激陣亡戰士的犧牲

【你自己不覺得
就證明許多新移民戴花嗎？】

華裔作家「德勝」在雜誌專欄說
「每年大約分發出去 2100 萬朵

這個數目沒有減少」
「很多少數族裔也曾經從軍
和白人士兵一起為加拿大而戰」

【花的數目沒有減少
少數族裔也曾經從軍
就證明許多新移民戴花嗎？】」

印度裔國防部長石俊發推文：
華裔士兵 Frank Wong
在二戰中參與 Juno 海灘登陸
以及解放荷蘭的戰鬥

【Frank Wong 參與戰鬥
就證明許多新移民戴花嗎？】

華裔時評家丁果在雜誌撰文：
「他的言論違背基本的加拿大歷史事實⋯⋯
犯下了歷史遺忘症⋯⋯幾近白癡
因為無論一戰還是二戰
都有非白人的少數族裔參戰⋯⋯
華裔參戰也為華人爭回了選舉權」

【說新移民很少戴花
就違背了歷史事實？
少數族裔參軍
就證明許多新移民戴花嗎？】

3

幸好
加拿大還有一些「政治」不「正確」的人
德高望重高齡九十八的
密西沙加前市長 Hazel McCallion
她說最近兩週
參加了許多不同類型的活動
戴花的人實在不多

有幾十人在體育網總部門前示威
持標語牌及國旗支持 Don

阿省一個網站發起連署
要讓 Don 復職
兩天內就有二十萬個簽名
但無成果

看來「政治」不「正確」的加拿大人
是弱勢的「少數民族」
圍攻他們　欺壓他們的
群眾　政要　傳媒
你們「政治正確」嗎？

2019年11月。

第三輯

花木

其實我從未見到過真正的梅花
也許　我從未見到過真正的祖國

也許　當代中國只是個多彩的虛象
活在我的夢幻之中

——〈桃花‧櫻花‧梅花〉

兩種杜鵑花

前園的杜鵑花　嬌小　紫紅
後園的杜鵑花　壯碩　雪白

熱情和冷艷
誰更美呢？

蘿蔔青菜
不同的人有不同的答案

也有不予回應的
蜜蜂就是　我也是

2011年5月29日。

紫丁香・Shadow

紫丁香之死

我家右鄰　住的是歐裔
娶了個華裔太太
生了個人見人愛的
混合了東西方優點的小女孩

每年七月一日加拿大國慶
他們倆組織熱鬧的戶外聚餐
在眾屋環繞的訪客停車場
這環形巷二十多戶各族裔人家
搬出了檯椅　燒烤爐
捧出了特色的食物和飲料
大人們閒話家常
小孩子追逐嬉戲

今年的國慶日　此情不再
這歐華家庭搬走　把屋賣了
賣了給一家冷漠得不會打招呼的
中國大陸來的人

我永遠記得那個微雨的清晨
市政府收垃圾的星期一

那大門口有一大捆樹的枝幹
帶著新鮮的圓錐形的紫花
尖圓的綠葉還含著露珠
是他們窗前那株紫丁香的分屍

清爽的夏日　濃重的香氣
引來成群的蜜蜂爭相採蜜
年年如是　紫丁香
涼風中婀娜著自己的名字

我總想起那首民歌《紫丁香》：
「紫丁香　它是朵甚麼樣的花呀？
紫丁香　它是朵最嬌媚的花呀……」

我又想起雨巷詩人戴望舒的《雨巷》：
「我希望逢著
　一個丁香一樣地
　結著愁怨的姑娘。」

聽人說這家的新業主還打算
斬去前園唯一的老柏樹
剷去所有的草坪蓋上水泥

「在雨的哀曲裡，
　消了她的顏色，
　散了她的芬芳，
　消散了，甚至她的

太息般的眼光，
丁香般的惆悵。」

如何排解紫丁香的惆悵？
我從腰間抽出攝影機
留取證據
為這一宗兇殺案

Shadow 之失蹤

七個多月了
我唯恐親友們不開心
一直不敢宣佈一個事實：
Shadow 失蹤了
相信她已到達
那個我們死後才能到達的地方

Shadow 這家貓其實不是我家的
是與我後園相連那家歐裔的
但她就是愛在我家寄膳寄宿
每逢周末才回到她主人的家

樣貌很醜怪　像隻狐狸
但她善解人意又有個性
我常常為她拍照又寫詩作文
我電郵名單中近一百位親友
應該都對 Shadow 熟悉

去年夏天她曾劫持了路過的小鴨
驚動了社區　這事
更因我入選的新聞天氣攝影
她一再上了電視　全國皆知

我的左鄰　是中東裔
土耳其嫁給伊拉克
有一個漂亮的女兒　一對雙生子
和睦純樸十八年的芳鄰

去年夏天也是把屋賣了
賣了給一家冷漠得不會打招呼的
中國大陸來的人

以為新業主會搬進來住
誰知買入兩天
前園草地又立起賣屋的牌子
五十萬買入加二十萬
叫價七十萬

後園大樹森森的房屋　空置
就容易招來野獸居停
那晚我深夜回家
車頭燈照見一隻浣熊
在我大門前的虯柏下
Shadow 與牠相距僅五六尺
大概是在等我回家

我立刻下車把牠們趕開
浣熊匆匆逃進我左鄰的園子
Shadow 不知危險
向體形比自己大十倍的來敵追去
我大驚　慌忙喝止

那些天報紙上有新聞說
烈治文民居屢次發現浣熊
襲擊甚至殺害家貓家狗
這是以前從沒有過的事

幾天後　Shadow 失蹤了
我向後鄰她的主人打聽
也說見不到她的蹤影
只是見到過有兩隻浣熊
在我後園的白樺樹下打架

最近我在書房寫作到深夜
偶然會聽到與左鄰相貼的
那一幅牆　近屋頂處
會發出聲響
鄰居至今還沒有人入住
相信就是浣熊

人類謀殺了美麗的花朵
野獸佔據了人類的住所

2012年3月，烈治文市，Tyson Place。

桃花・櫻花・梅花

1

在亞熱帶那一個江城
和那一個海城
我渡過了五十個春節
都有桃花

人頭湧動的除夕花市
燈光火著一片桃花海
臨收市前賤價買到
幸免於打碎厄運的一樹
插在我家中的古瓷瓶

多事之秋那一年歲暮
我移居這寒帶的海城
黯然　寫下第一行詩：
「是第一個沒有桃花的春節」

滿街滿巷和一個個庭園
全城數以萬計的櫻樹
億億兆兆朵朵紅櫻花競放
花期雖短
繁多的品種就支撐起一整個春天

某年　踏入秋涼十月
枝頭上竟發現有倔強的一朵

童年　少年　青年　中年
半個世紀的桃花的印象
漸漸淡出

插瓶的桃花　命薄的商品
苟延殘喘失根的裝飾
怎及得大地上壯觀的紅櫻
年年花期不誤　圍繞我
我生活其中

2

與櫻花相處二十年了
我也進入老年了
愛記遠事而不記近事了
梅花　我常常懷念起你來了

童年正值抗戰
強調凜然傲雪的國花
小學時老師教我們辨認
梅與桃李的異同
你還在初中的《植物學》課本中

古詩詞裡多的是　新詩也有
博物館中的國寶　古畫裡
展覽會上的現代繪畫
攝影　剪紙　文學作品
地方戲曲和現代歌曲
國花　鐫刻在我心中

近年有些人建議代之以牡丹
那是雍容華貴的俗艷
髮妻下堂　小三入宮
我心燒起憤激的怒火

3

梅花生長在寒冷的地域
亞熱帶的江城海城都沒有
這北美寒帶的海城呢？

一直尋找了許多年
終於在那一個春天
溫哥華植物園中
不知道以前多少次擦肩而過
一個被忽視的角落
金陽下　五出的紅瓣半開
向我打著迷惑人的眼色
孤獨的並排的三株

童年的迷夢初醒
第一眼　祖國的國花

4

最近一位年輕的詩友
看到我為梅花拍的照片
她說：「看花形是海棠之類
但凡花枝上有葉子的
一定不是梅花」
晴天霹靂

在香港我曾譏笑一些文友
見到杜鵑　竟說是洋紫荊
他們只知道洋紫荊是香港市花

在這裡又譏笑過一些舊移民
每年初春滿街滿眼的
洋水仙　竟叫不出名字

其實我從未見到過真正的梅花
也許　我從未見到過真正的祖國

也許　當代中國只是個多彩的虛象
活在我的夢幻之中

2013年5月，大溫哥華，烈治文市。

門前的萱草花

春去夏來
門前的萱草花又開了

忘記是哪一年種下的
最初見它花姿搖曳
發亮的橙黃誰都感到歡樂
就買回家種了

忘記是哪一年才知道
它正是自古象徵母親的萱草
別名忘憂草
遊子遠行之前預先種下
以減輕母親的憂思

萱草古名諼草　《詩經》中有
諼　就是忘記的意思
食之令人歡樂　昏然如醉
可以忘憂

自從知道了這些典故
不幸的　在我
卻起了相反的作用

每次開門
都追憶起早已遠去的母親
思念一年復一年的加重

後來又觀察到
誰都感到歡樂的橙黃花
朝開　夕謝
每一朵的壽命都只是一天

於是我無時無刻的想起
憂患的母親是中年早逝的

2014年7月，加拿大烈治文，美思廬。

香柏樹

背向塵囂　我漫步向荒僻
一間孤獨蒼老的小屋出現
在樹林邊

每一棵老樹都同樣粗壯
高聳如塔群
綠陰處飄過來隱隱的芳香

葉片扁平　整齊排列如羽毛
老樹　中樹　小樹是同一個品種
延續的世代團聚在一起

從老屋走出來一位老者
他說他就是出生在這老屋
七十六歲了　祖籍烏克蘭

我說：你比我年長五歲
我出生在大洋彼岸葡屬的澳門
在 1938 年

他露出驚異的神色
說這批香柏樹與我同齡
正是 1938 年種下的

當年有一位探險家
從北方的高山上採得種子
繁殖在這瀕海的平原

香柏樹壯美又芳香
耐寒耐旱　長壽逾千年
西洋古籍中最高貴的樹木

我說：我與它們唯一能比擬的
是我同樣飽歷風霜
同樣是移民

香柏樹移來時　是種子
我移來時已步入老年
相同的　熱愛這新土堅定不移

後記：回憶五年前在烈治文Heather街所遇。2014年夏重遊，
　　　老屋已拆去，老者不知去向，該處已改建成一個小公
　　　園；於是補記。

惋悼紫藤

1

這植物園的花木幾千種
我最愛進園後首先觸目的
木構平台的木構花棚上
豐腴的紫藤花

涼風輕拂頭上濃密的花串
搖蕩的紫色的篷帳
蒼老枝幹纏實木柱木棚
紫藤的歷史　和植物園一樣長

那是二十年前的情狀
幾年之後重遊
平台　花棚　紫藤　全都消失
代之而起是無生命的水泥
改建　為了日漸增多的遊人

紫藤與植物園同時誕生
也同時死亡　在我心中
植物園的歷史　和紫藤一樣短

生命　單純而美

敵不過
美醜難辨　生死難辨的人類

2

商場的停車場外圍
圍繞著十幾根木柱
木柱之頂相連架搭成花棚
紫藤吊著一串串玉環珮
粗壯的枝幹左繞右纏

那是二十年前的情狀
是誰　何時　為何
蠢心腸出了個壞主意
一日間全部砍伐掉
剩下一截截難以清除的
頑固的殘枝　或長或短
死命纏實木柱木棚

幾年後的今天　我發現
商場西側的鐵絲網
竟然攀上無數綠色的小手掌
預見　紫藤花的重現

是劫餘的根
在無人能見的地層
歷盡艱辛潛逃到境外

就在國界線上的領土領空
建立起流亡政府

後記：詩中寫的是溫哥華 Van Dusen 植物園及烈治文 Anderson
　　　Square 商場。2014年9月。

倒臥的蘋果樹

應該是許多年以前的事了
不知是由於突來的暴風
還是無情的砍伐　還是甚麼
總之是一次痛苦的經歷
你倒臥在庭園的圍欄之外

廣闊的自由的野地
沒有人為的干擾
你依循自己的臥姿生長
春來了　滿樹是雪白的花朵
溫柔的風　溫暖的陽光

你的根　依然在圍欄之內
那邊有難忘的過去
難堪的倒下的原因
但那只是有限的歷史

你的枝幹舒展在青草地上
你的心　向著無限的未來

殷勤的蜜蜂和蝴蝶
爭相鑽進你黃色的花心

採蜜的同時
為你繁衍無限的後代

2015年5月，烈治文。

淡紫的喇叭花

散步在菲沙河畔
我發現一種淡紫色的
紫得太淡的喇叭花

到加拿大二十六年了
幾十種野花都認識我
今天是第一次見到它

此生第一次見到的野花
澳門野地隨處都有的
紫色的喇叭花

長大了才知道它正名「牽牛」
我還是喜歡它貼切的俗名
一個管樂團　吹出紫色的樂音

香港時期的假日
我大都置身山水之間
野樹野花野草　都見盡了

野喇叭花　同樣是紫色的
而人工培植的紅橙黃藍都有
但我只愛野生的頑強

加拿大的野喇叭花都是白色的
今天這淡紫的
是一個新出的品種

也許　是紫色與白色雜交而成
也許　是紫的本色還沒有褪盡
也許　是白的本色回憶著紫色

2015年9月4日，加拿大菲沙河畔。

太空第一花

2016年1月16日
太空人 Scott Kelly 宣佈
他在失重的環境中培育出
「太空第一花」

是橙紅的百日菊
有十三片大小不一的花瓣
背景是四百公里外的
藍白色的地球

達爾文終生未見引以為憾的
「地球第一花」呢？

約 1.45 億年前
侏羅紀到白堊紀
它生在陸上？生在湖底？
像海藻？苔蘚？豆莢？
像狐尾草？菊花？鬱金香？

它生在中國？西班牙？美國？
有不斷的爭議

「地球第一花」
也許是個沒有謎底的謎
因為永遠可能有新的化石出土

而「太空第一花」無可爭議
它在今天的國際太空站上出生
我們目睹

2016年1月18日。

第一櫻之死

突然驚覺
城裡的櫻花都已開放了
每年向我率先報春的
斜撐在村口的「第一櫻」呢？

翹足向木圍欄裡窺探
只見一個新鮮的樹樁
輻射的浮根　無奈的
抓住四周的泥土

本來作為背景的
陷我於季節迷思的青松
風雨中微微顫抖
悼念遽然早逝的同伴

前園的日本石燈籠消失了
它的主人保護不了同鄉
旁邊的老柳也同樣被斬去
柳　不也代表中國嗎？

生意盎然的青草地
變成一幅冷硬的水泥

兩輛名車停泊其上
車牌上都有一個「8」字

2016年2月，烈治文。

殘冬花木組詩

念舊的橡葉

所有落葉樹的葉子
都落盡了

而橡樹
滿樹枯黃的橡葉
抵受過無數次的秋風冬雪
變成鐵鏽色
殘冬了　一片也不肯離枝

應該都死了吧
也許還沒有死透
它們要重見
一年前養育過它們的
溫暖的春

它們不知道
再來的　是陌生的
另一個春

萱草花的初葉

每年　殘冬未暖
水仙花就率先破土
山茶花就開滿了枝頭

今年　水仙和山茶還沒出現
門前的籬笆旁
冒出一叢挺拔的
萱草花的初葉

可以預期
入夏後黃燦燦的花朵
讓我又一次見到中年的母親
中年早逝的母親

我凝視著
這一叢青嫩的初葉
我凝視著
一直無緣得見的
母親的童年

柳和楓

柳樹逢春　是青色的
楓樹逢春　是綠色的

柳樹逢秋　是黃色的
楓樹逢秋　是紅色的

似乎　春天是青綠的
　　　秋天是紅黃的

而我歷年所見
初春柳樹將要吐新葉時
一叢叢柳條都發黃
微風輕拂金色的頭髮

家門前的一株楓樹
逢春首先開滿一樹的紅葉
然後　不知何時　變綠
因應多變的氣溫和降水
反覆的變黃　變棕　變綠　變紅
無視季節

眾所周知的事實
都片面而籠統
人傳人的都是二三手資料
總不如親歷的真實

蕉樹的新葉

幾棵高大的蕉樹
花果凋零

巨葉下垂全都冷死

身畔的紅山茶花開得正旺
紫杜鵑也蠢蠢欲動
真難為你們　也佩服你們
熱帶植物在冰點下掙扎

依北牆而立
避過北來的風霜
每天目睹著
太陽從東南升起　落向西南

身居寒帶　永遠朝南
心懷溫暖的家鄉

一片嫩綠
在枯葉間捲而待舒

多幹之櫻

櫻花樹見過幾萬株
總是一幹直上然後分枝
而這佇立在圍牆外的
是獨特的唯一

每年冬春之交
它開出星星點點的粉紅

使我記起它的特殊
探究它的含義

一冒出土地就放射式的
分成許多支
它是許多株獨立的櫻樹嗎？
獨立的櫻樹不可能斜生

它應該只是一棵
冒出土地就立刻分枝

根雖同一　但卻分途
各自發展在不同的空間

紅玫瑰的花蕾

秋涼　門前的紅玫瑰
最後一朵的最後一瓣也飄落了
枝頂上還殘留著
一個綠色的花蕾
洩露出　一絲紅色
輕輕地說：我還要開放

每天進出家門都停步觀察
四個多月過去了
經歷過無情的雨雪風霜
那花蕾一點沒改變

仍然露出那一絲紅色

在原有的枝條上
無數的新枝已經冒出
一組組上指的暗紅的嫩葉

而那花蕾依然堅挺
無力開放　也沒有凋殘

它是在冬眠
只待暖風趕到
成為開春的第一朵紅玫瑰

2016年2月，烈治文。

金銀花

雖是攀援植物
卻──獨立

朵朵紅　朵朵銀　朵朵金
同時呈現
含苞　到花開
到花謝的全過程

地球上最精緻的花
細膩的花冠
靈巧的花蕊

白晝吸收了溫暖
入夜
偷偷地散發著幽香
在無人知曉的角落

精緻的花
要用入微的觀察
而幽香
要在萬籟俱寂的夜
用純淨的心

芬芳　絕美
卻有一個
通俗而近庸俗的名字

其實你正式的名字
最能顯示你的特性：
「忍冬」

兩個字　挑起了
我對現實悲切的聯想

2016年5月，環保多元角。

繡球花・楸花

這株繡球年老卻強壯
從未施肥
每年開出湯碗大的花朵
達一百球

今年突然一朵不開
連葉片也長不出來

回想這幾年　這牆邊
在繡球花的旁邊
自生的長春藤不斷壯大

我尊重自然生命
不忍拔除
是它搶奪了土裡的養份
繡球只剩一把枯枝

這一列高大的楸樹
這些年
我欣賞它鵝掌般的葉片
它們是不開花的

今年我卻發現
一個個橙色斑紋綠色的杯子
像鬱金香花開在密葉之間

繡球之死　我目擊
我清楚它死亡的原因

也許楸花不是今年才有
只是我注意於死亡
忽視了新生

2016年5月，環保多元角。

我的年輪

走進這香柏林
赫然一個粗大的樹樁
是新鮮的鋸口

餘香未盡　全裸向蒼天
同心的環紋一圈一圈
我從髓心向外細細點數
七十八　是七十八　巧
正與我同齡

幾年前曾遇到過一位
住在這裡的烏克蘭老人
說這個香柏林　是 1938 年
他五歲時種下的樹苗
當年從卑詩大學領到的

寬闊而色淡的春材
與緊密而色深的秋材
重重疊疊的相間著
我細意檢視
從一　到七十八
從嬰兒到今天

——對照我的成長
獨特　如我的指紋

這一年的春材特別鬆軟
不是雨水特別多
是那一個春天我無端的淚水

這一年的秋材特別堅實
非關日照
是那一個初秋我突發的激情

這一個明顯的缺口
不是雪崩　不是滑坡
不是泥石流不是龍捲風
是至今未癒合
那一年心靈的創傷

只有把我攔腰鋸斷
你才可以見到
我的編年史

2016年11月15日，烈治文。

冬日最後一朵

詩友來電郵：
「家中的花園有一種花
　從春天開到初雪
　不是秋菊　不是梅花
　你猜猜是甚麼花？」

我回她電郵：
「家中的花園有一種花
　從春天開到初雪
　不是秋菊　不是梅花
　你猜猜是甚麼花？」

回郵與來郵完全一樣

我繼續說：
我園中最後的花蕾開到一半
初雪到來　它就停住了
雪停　我耐心的等了幾天
沒有動靜　是凍死了嗎？

我死心不息
剪到室內插瓶　等了幾天

竟然恢復開放
一直到完全開盡　落瓣滿桌

兩個世紀以來響徹全球的
《夏日最後一朵玫瑰》
悲觀　孤苦而哀傷

看我書桌上
這冬日最後一朵玫瑰
堅忍而頑強

2016年冬。

忘年樹

那邊有一個
剛鋸斷的樹椿
我要數一數它的年輪

盡是向心的裂紋
斷斷續續
如破裂的蛛網

我忽然醒悟
熱帶沒有冬夏之別
樹　　沒有年輪

印象中熱帶的人
不但熱情又比較樂天
因為忘年

2018年12月，新加坡初稿。

最後的野玫瑰

1

沿著河畔這一個叢林
三十年來
在它旁邊經過不知多少次了
昨天才發覺有個隱蔽的入口
走進去　一條踩出來的小徑

擦肩盡是密密的灌木
細看應是繁花落盡的野玫瑰
找不到一朵花　一片落瓣
只發現一個最後的花蕾

這野玫瑰花是甚麼顏色的？
單瓣　還是重瓣的呢？
我摘下花蕾連幾片小葉
帶回家去養在水杯裡

沒有根　沒有泥土
我存有希望
一線希望

2

今天清晨一覺醒來
水杯意外開出一朵花來
是花蕾的十幾倍大
紫紅色　五瓣
花心幅射著無數的
蛋黃色的花蕊

猛然醒悟
昨天正是夏至日
一個野花的花蕾
只經過全年最短的一個黑夜
就完全開放

細看花的下方
連接著一個小球
那是果

3

只待黑夜過了
花蕾　就變成花
有花　就有果
有果　就有種子
有種子　就有新希望

不一定要帶根
不一定要帶泥土
野玫瑰
到底是野生的

2021年6月22日，夏至次日。

前園之夏紀實（節錄）

最後一瓣

黃玫瑰已經全部凋謝
地上落瓣片片
最後一朵的花心上
一直殘留著
抵抗風雨不肯離開的一瓣

數不清有多少蜂蝶飛過
都沒有停下
唯一的這小蛺蝶
伏在這最後一瓣上
捨不得離開

還有花蜜嗎？
還有餘香嗎？
還是在悼念堅強的老朋友呢？

封住的洞口

我驚覺
外牆上水龍頭邊有一個小洞
有蜜蜂進進出出

第二天早晨
趁牠們外出採蜜
我用膠紙封住洞口

第三天
膠紙已被咬穿
牠們照常進出
我改用幾重膠布封死

許多天了
經常有幾隻蜜蜂在洞口徘徊
要回家

白蝶黑影

一隻白蝶
在我前園不停翩翩
帶著牠翩翩的黑影

飛在花叢上
飛在草坪上
始終帶著牠破碎的黑影

2021年7月末,加拿大烈治文,美思廬。

第四輯

藝術

堅硬的形象
軟化為飄飄的抽象

抽象之中
有形象的語言

象　似無意
意　似無象

以無象顯萬象
以無意顯萬意

——〈幻域與默靜〉

第一民族的鳳凰

加拿大尊稱原住民印第安族為「第一民族」。

野嶺的夜龐大而死寂
突然　閃電不停
暴風夾雷霆不斷震響
隱隱然
一隻巨鳥在黑暗中誕生

不是現實中的蒼鷹
不是幻想中的雷鳥
是超越現實也超越幻想的
多彩的鳳凰

震動頭頂威嚴的白冠羽
新生的鳳凰不來自烈火
來自暴風雷電
兩腳頻頻交替的微微彈起
兩翼奮力的拍撲拍撲
輕盈如無重量
顯現一切禽鳥能作的
所有的姿式
顯現速度的極限

沉快的節奏單一的旋律
釋放了鳳凰原有的莊重
旋轉　轉旋　向每一個方向

不滿足傳統的神話
與萬物的神靈作對話
於現實與幻想之間
於原始與現代之間
騰升又騰升
失重於宇宙的真空

風聲與雷電消失
似乎已經到達
萬物的神靈巡遊的邊境
從地球傳上來
遙遠的掌聲

後記：每年夏至日，是加拿大的土著日，2014年當天，在烈治
　　　文文化中心的大廳，觀賞第一民族著名舞蹈家 Shyama
　　　Priya 女士表演 Fancy Shawl Dance。

與多元藝術家合照

烈治文多元文化節有歌舞表演，我特別欣賞的有烏克蘭、吉卜賽、俄羅斯、日本、泰國、蒙古。演出後，我向表演者表示謝意，並合照留念。2014年6月。

烏克蘭兒童

潔白底　清碎花
烏克蘭傳統服裝
一男童一女童笑嘻嘻
伴在我左右

我這一頭白髮覆蓋著
今天的克里米亞半島
和烏東地區浴血的戰爭

男童的一頭黃髮下面
女童的孔雀羽冠下面
以及潔白無塵的小心靈
可有這些痛心的圖畫？

吉卜賽小舞蹈家

我要留下這可愛而深沉的

舞蹈天才的小女孩
我要求合照

剛從頭上除下來的黃花
母親替她從新簪上
她兩手執裙腳左右攤開
側身靠我　抿嘴似笑
這是表演者的成熟
還是爛漫天真？

吉卜賽人沒有祖國
現在你有自己的國家了
你的國家
也就是我的國家

俄羅斯四人家庭

四人家庭彈唱隊
一位母親　兩子一女
都捧著吉他彈唱著
俄羅斯的歌曲
在加拿大的國旗前
在加拿大的陽光下

細看合照
母親是黃髮東歐臉
一個兒子也是

另一個兒子卻像南歐人

女兒是黑髮矮小的東亞人
像依人小鳥
她側身挨近我的肩頭
原來她的右手搭住我的右肩

細看合照
她的雙腳站成「入」字形
這是日本女性的習慣

一個國家可以有好多個民族
一個家庭也可以

日本少女

古雅艷麗的和服
誰見到都感到喜悅
三個謙恭的日本少女
手持花串和花傘
頭上簪花　並立我身旁

記得五十年前
我有一個通信的日本筆友
同樣是中學女生

那次我信中提到

日軍曾經侵華侵港
她從未聽說過　震驚

如今這七十多年前的歷史
這三個日本少女
就更不會知道了

歷史不論是光榮的　羞恥的
必須讓她們知道
雖然祖輩父輩的責任
不應壓在她們身上

泰國舞者

一身華貴的宮廷舞衣
黑髮紅花
頭頂一座座莊嚴的金佛塔

泰國與中國沒有共同的國界
似乎自古從未有過戰爭
恩怨淡薄
我的心也就平靜起來

金色的手環和腳環
在我周圍靜止
我與你們合演著
一齣無聲但彩色的皮影戲

俄羅斯民歌二重唱

兩位中年女歌唱家
藍色的民族長裙藍色的帽子
唱罷走下台來

我對她倆說　她倆演唱時
我留意到台下有一位華裔中年
用俄語輕聲同唱

〈客秋莎〉〈雪花〉
〈莫斯科郊外的晚上〉
其實我也大聲同唱
但只會用漢語

國與國的恩仇隨歌聲流逝
民族之間　沒有恩仇

合照了　我感到
神高神大的俄羅斯
從左從右向我擠壓
相似於壓迫
也相似於親密

蒙古舞者

背向夕陽

兩位舞蹈員與我合照
鮮紅底金鳳羽的長袍
高冠搖著珠穗

蒙古　有內蒙和外蒙兩個
號稱中國的　其實也有兩個
一個承認外蒙獨立
一個未承認

這些舞和這些舞者
屬內蒙的還是外蒙的呢？
我被弄胡塗了

立時　我又很清晰
不論你來自何處
何處是你的祖國
何處是你祖輩的國
如今都成了加拿大人

國界常變
民族常混血
我但求普世的價值
永恆的藝術

族異國同的公民

我們有不同的祖國

祖國與祖國之間
或許有深厚的情誼
或許有深厚的仇恨
或許有糾纏不清的恩怨
現在都是　同一國的公民

自願投身這個國度
就要有公民的忠誠
不僅如此　不僅如此
我們同時是世界公民
對超乎國族的公義
是否可以漠不關心？

吉卜賽之舞

熾熱的樂音響起
彩色的長裙們潑辣地翻飛
一個從未建國的民族
剛健而神秘

民族的起源　是一個謎團
奔放的熱情發自冷漠的心靈
一千年了
從亞洲流浪到歐洲
再發散流浪到全球
有的只是蓬車頂上的天空
天空中的日月星辰
轉動的車輪　沒有土地

被視為乞丐小偷驅逐於荒野
沒有悲啼　沒有訴苦
灑脫的舞蹈埋藏不幸的現實
頑固的自尊造就了
地球上不可或缺的文化

如痴如醉如瘋狂的群舞中
有一個小女孩
與大人舞者同樣的舞姿

同樣的頭插鮮花　同樣的
兩手不時翻動寬大的長裙
她的美　令人不好意思直視的美

沉厚的表情
別的民族的小孩絕對不會有
沒有笑容　也沒有愁容
不論是溫柔的或者急促的節奏
始終一臉早熟的冷傲
以至曖昧難明
吸引別人親近的高傲
也許　這正是被壓迫者遺傳的尊嚴

捨棄自古以來因排擠而形成的
孤獨與封閉
遺忘傷痛　留住天真
這一個小女孩
向我洩露民族的新生

後記：2014年6月末，加拿大烈治文多元文化節中，觀賞羅姆
　　　人表演民族舞蹈有感。羅姆（Rom），舊稱吉卜賽。

火焰谷的岩畫

2015年5月，遊美國內華達州火焰谷（Valley of Fire）。

風與水　這一對
合作無間的藝術家
從一億五千萬年前開始
把沙漠中這一大片
凝固了的火焰
雕刻成各種動物
以及它們自己

我要追尋
三千年前印第安藝術家的岩畫：
大角羊　以及費解的圖像

也許為了保護文物
不設路標
高陡的紅砂岩夾住太陽的陰影
據說循這狹窄的入口
蜿蜒走過崎嶇
可以見到岩畫

一群大角羊正好橫過我面前
成串的走進這一個入口

想是去尋找遠古的祖先

我猶疑　沒有跟進去
剛才在遊客中心我見過攝影
我知道
原作才能讓我有更實在的認知
更深切的感情

現場的環境　陽光和微風
我一定忍不住要摩挲岩壁
好讓我回到三千年前的境域
產生想像和幻想
寫出一首奇美的詩

我猶疑　沒有跟進去
三千年前的岩畫
總高於我的現代詩

多彩的虛像

在烈治文市政廳觀溫一沙主題攝影展《歲月流過》；記錄了
本市的 Finn Slough，芬蘭泥沼的歷史漁村。2015年6月。

攝影家運用先進的技術
運用創新的後處理
用黑白　極盡細緻的表現
百年漁村的百年歲月

殘廢的高腳屋漏光的屋頂
疲憊的小漁船死在退潮中
門窗　船舷　久經曝曬的裂痕
是歷史面上的皺紋

流過的歲月如實的顯示
但我怎麼也看不清它的面貌
換一個觀點　換一個角度
都被鏡框上的反光膠片干擾

當下的建築　當下的行人
透過我背後的落地玻璃窗
還有室內的城市規劃看板和射燈
粗暴侵入攝影家細緻的黑白

黑白分明的歷史真相　永遠看不到
歷史總夾雜著現在和未來多彩的虛像
我勉強舉機向展品拍攝
卻拍到我自己　在流動的水紋中

日景與夜景

2015年6月，在烈治文市美術館觀加拿大攝影家Greg Girard攝
影展《Richmond / Kowloon》（烈治文市與九龍寨城）。他是
接受市政府所託，用兩年時間，記錄這個城市。

九龍寨城是地球上唯一的
無人可以承受的歷史遺產
無政府管理

三萬五千人擠在稠密的民居商戶
殘舊　凌亂　污穢
外人不敢進入的異域

二十五年前我移居烈治文
見證它從小鎮升格為城市
樓房最高三層　現時十多層

攝影展海報上　平房透出燈光
客廳牆上懸掛著幾個鏡框
是華裔家庭的生活照

我與攝影家一年前偶然相識
我們在晨運　他來取景
我提供了不少本市題材　他沒採用

現在看來他早有自己的構思
九龍寨城　主要拍日景
卻要讓人有入夜的感覺

烈治文市　主要拍夜景
卻要讓人感到光明的白晝
隱喻它發展的前途

烈治文是中國之外
華裔人口比例最高的城市
約佔總人口百份之五十

城市硬件　發展迅速而文明
居民素質　改變迅速而野蠻
溫馨民居花木　變傲氣豪宅水泥

也不能要求美術家記錄這些
親歷這城市的形成和改變
我聯想到九龍寨城的沒落

烈治文公眾雕塑

烈治文的市街、民房、公園、河岸、市政廳、社區中心，有不少親切的雕塑。2015年夏，選幾件傳譯，並錄其原題、製作年份及作者姓名。

Habitat, 2007
    Monique Genton

一群飛蛾
圍繞著一盞路燈飛

不是飛蛾　是燕子
在尋找去年的巢

還是尋找
黑夜中的一點光明呢？

Spawning, 2000
    Pat Talmey

回歸的鮭魚群
迎著逆流和懸瀑
悲壯的大軍

走向死亡
為了生命的延續

我們要延續
與生命並存的文化
迎著逆流和懸瀑
甘願死亡

Shaping Hands, 2008
Bart Habermiller / Emily Barnett

無數隻藍色的手掌
連接成一個球體　像地球

據說從天外回看
地球是藍色的

有權操縱地球的
本該是
無數隻藍色的手掌

A Pair of Lions, 2002
Arthur Cheng（程樹人）

地球上獅子的雕像
中國佔了絕大多數
宮殿　廟宇　橋梁

府邸　園林　陵墓...

中國國土不產真獅子
從漢唐的威猛
到明清的溫順
全是工匠的想像

而這一雄一雌
一立一坐
一遠矚一沉思
儼然一對真實的獅子

只有一點不真實
那是顏色
全身透出草綠
牠倆懷念草原

Perpetual Sunset, 2012
Instant Coffee

太寬的一幅高牆
密集的懸掛了幾萬片
顏色各異的圓形金屬片
在車來車往的市中心

高牆向西
黃昏　微風吹過

幾萬個小太陽就震動起來
反照出說不盡的色彩

藍色系列的天空
紅色系列的海面
紫色系列的海底

活潑潑一幅落日全景
永恆而變幻
不是由上帝完成

The River, 2005
Blake Williams

我走在通往社區中心的小徑
前方有一列彎曲的藍色
高僅及膝
橫在小徑上
蜿蜒的河水終於流過我的身軀

從上源　到中流　到下游
我細察河水
水面是反照陽光的玻璃
一段文字夾一幅舊相片
不斷述說著本地的舊事

從空氣　河水　林木和鮭魚

從土著到各族裔的移民

在走向未來的途中
一條藍色的河述說著
我們的流動的前生

Made in China, 2013
Nancy Chew / Jacqueline Metz

龍　不是與蟲　與虹
同類的長形動物嗎？
怎麼會是縮作一團的銀光？

碩大的龍頭瞪著要嚇人的大眼
一對太短的龍角豎起
張口吐舌　滑稽得可笑

我環視　我詳察
尾巴和龍爪都長在錯誤的地方
尾巴貼在胸前
左爪無端端抓住自己的背
唯一的理由是抓癢
另一隻萎縮的左爪
抓不住太大的龍珠

沒有右爪
一團銀光閃閃的怪胎
自己纏死自己

我　同樣是 Made in China 的
好在　自從懂事以後
我就不承認是龍的傳人
我　是人的傳人

Home of Roots, 2003
Jeanette G. Lee

一間看來是高腳屋
樹根伸滿四壁
屋頂長滿樹葉
在這參天的樹林之中

想是堆積了千百年的腐葉層
以歲月的重量向地心沉降
在地層下
轉化為樹根

新生的樹根
經藝術家的妙手點化
冒出地面　生出枝葉
形成屋狀的一個新樹種

人人都說枝葉生自樹根
其實樹根可以由枝葉生成
葉　要靠根的泥土和水份
根　要靠葉的空氣和陽光

畫意與詩情

湖光山色　紅花翠鳥
也許只是愉悅感官的
膚淺的畫意

朱門酒肉　路邊死骨
醜陋的景象不堪入目
卻蘊涵深刻的詩情

複雜的調和
多樣的統一
就是美

其實　不調和不統一
雖無畫意
反而讓詩情有更大的進境
不平則鳴

2016年2月。

煙波搖艇

2016年春，見郎靜山攝影名作〈煙波搖艇〉。他是中國最早期攝影界泰斗，以「合成攝影」聞名國際。他早年居大陸，後轉移香港，再定居台灣。

背景是黃山的雲霧
中景是香港煙波裡的輕舟
前景是台灣搖曳的蘆葦

高峻的黃山遠離江海
香港的港灣沒有蘆葦
台灣的蘆葦不在高山

雲霧與煙波融混
輕舟與蘆葦交匯
調和的人工美

而黃山雲霧
或者香港煙波
或者台灣蘆葦

是上蒼創造的
單純的自然美
我不知道兩者是誰更美

荷塘

無星無月無燈的夜
荷塘　是黑色的

太陽高照
千萬朵荷花臨風起舞
綠水相映
一派愉悅的明亮

荷葉上的露珠
晶瑩　滑動
反映著多變的天光

太陽沉沒
沒有強光干擾我的雙眼
我清楚見到花瓣的紋理
荷塘顯露出本色

天色昏暗　雙眼模糊
我舉攝影機盲目拍攝
它的單眼　勝過我的雙眼
它能看見肉眼所看不見的

電腦的屏幕上
一顆露珠凝定在荷葉上
收藏著一個清晰的
客觀的宇宙

2016年2月。

幻域與默靜

2016年5月，觀《龜吼：溫一沙攝影作品展》，素材取自台灣龜吼海岸的岩石。作品有〈幻域〉及〈默靜〉兩幅。

幻域（Magic domain #2）

萬年永固
返祖為動

黃褐提煉成黑白
黑白含無限的色彩

堅硬的形象
軟化為飄飄的抽象

抽象之中
有形象的語言

象　似無意
意　似無象

以無象顯萬象
以無意顯萬意

默靜（Silent #1）

直幅三截
上下似白色的沙漠
或許是積雪的山坡

上截的白
有三個凹窩
或許有積水
或許沒有積甚麼

遠處一角
一堆甚麼在黑影中
後面露出小片太陽的反光
背景純黑

下截的白
如砂如石的
幾個引人追尋的小點
踩住影子
暗示太陽的位置

妙在兩白之間的
畫面的中截
多種色層
有無法解讀的形

抽象之至
竟然含豐盛的形象
具象之至竟然是無象

其實上下兩白也可說是抽象
其實中截的抽象也可說是具象
兩者融合
就達到兩者的極致
無以名之
名之曰「第三象」

貓頭鷹

2016年6月，觀波斯裔女陶塑家 Shamsi Ashti 作品〈貓頭鷹〉。

長袍　隱去他的全身
只露出一個禿頭
面無表情　閉目如睡

一隻兇猛的貓頭鷹
棲息在他的左肩
雙目炯炯發光

長袍的皺褶中
依稀有一截鐵鏈
想是連到貓頭鷹的腳上

他有驅使猛禽的權力
而我發現　他背靠著的
是一棵無枝無葉的枯樹

畢卡索作品兩題

2016年8月10日，寫於西班牙巴薩隆那畢卡索博物館中。

The Beach of Orzan 1895

海浪拍打
兩座深棕的岩石
濺起千萬點　白色

遠處湛藍的海面
一葉　依稀移動的帆

十四歲少年的手
使浪花凝定在半空
帆　不再移動

千百年的美
在少年的一瞬

Dragging of the Bull 1945

一人牽兩馬
兩馬拖曳一頭死牛
一組黑色的影子

影子沒有厚度
卻有三個層次
活生生的情節

實體　早已死亡
而影子猶存
存在於永恆

木雕三題

Animal　動物

　　by Marsha Ablowity

紅嘴　綠眼　雙角
就只是一個動物的頭
像印第安圖騰柱上的
羊頭？　牛頭？　鹿頭？

是甚麼頭不重要
頭
就代表動物

沒有軀幹和四肢
撐起頭的
就只是一截脊椎骨

脊梁
就代表性格

Wind + Water　風與水

　　by Jane Anderson

橫臥著

一截斷裂的樹枝
其外兩片碎木片

一片如螺形
曾經直向又橫向的生長
另一片的紋理
如流動的漩渦

脫光了樹葉那衣服
裸露的全是傷口
風與水的留痕

Tree of Life　生命樹

By John Rennie

無數的整齊的連環
浮雕在一片木板

細看不是連環
是千繞百繞
繞成連環狀的一條血管

中央直立的一段特別粗
像樹幹
向上Y字形分叉　像枝葉
向下人字形分叉　像樹根

枝葉下垂　樹根上伸
在半空中交接
合成一個大圓環

是根養活葉
還是葉養活根？

2017年6月，烈治文。

走進畫家的家門

2017年6月3日及4日，是烈治文市歷史、文化、藝術地點的開放日，共四十多處。6月4日，參訪了全部六位畫家的家，欣賞其作品。歸來，成詩六首以記。

Radchenko Yulia

她是去年初到的新移民
出生　成長　受教育
都在聖彼得堡
卻見不到俄羅斯的畫風

明顯的俄羅斯
是在名片上
姓在前　名在後
我說：中國人也是先姓後名的

年輕的她走遍了歐洲和美洲
看來作品有美洲土著的元素
我說：你如果到亞洲
也一定吸收到亞洲風

回望前園的水泥地上
彩色粉筆大面積的童畫

飛機　以及不知何物的形象
那一定是她小兒子的手筆
畫家畫不出來的天真

Loraine Wellman

我見到兩個旋渦

她說在植物園中寫生
突然一隻野鴨潛進水池
留下了水紋

岸上野花群亭亭擺動
因為風
也形成一個旋渦

水旋渦　風旋渦
在靜靜的畫面上
反方向的
靜靜的轉動

我想到咬合的齒輪

John B.Beatty

老畫家從安大略省移來
帶著一個世紀前

加東七人組的畫風

他問我的觀感
我說：我喜歡你的白色

雪　當然白
而在彩色繽紛的環境
白色　不一定是雪
你的山石　小路　海灘　湖水
也都是白色

形象　是「半抽象」
顏色　是「半抽色」

你問我是不是位藝術家
我說也許算是
我愛寫中國書法

中國書法只用墨
中國畫　也愛用墨
山水　人物　紅花　綠葉
可以只用黑色

白　是七色混和後的坦露
黑　是七色神秘的隱藏

白與黑
晝與夜的循環

Gina Page

繪畫之外　她擅長製紙
以及用人手裝製書冊

別的方法難以表達感情時
她就寫詩

出版物有十多冊
展覽會有五十多次
工作坊示範有二十多次
作品典藏機構有二十多處

我翻開詩集
參考學習她的美術設計
頁碼不放在頁角
簽名本限量版在末頁說明
這本是第幾號　加上簽名

詩集用紙是特殊材料自製
一冊詩集
可以只收一首詩　不是長詩
珍藏在手工精製的紙盒裡

詩在這裡
高貴得令人崇敬

Alice Saunders

無數畫作在室內和前園
這一幅吸引我

只用淡淡的彩色的點
低調而悅目

引人探索形象和色彩
暗示　花瓶與瓶花

這種畫法我從未見過
應該是創新

沒有標示簡歷
我問她要名片
她說就是沒有

這種畫家我從未見過
是沒有可以一提的學歷和經歷嗎？
是與別人比較感到自卑嗎？

但願你已經看透了
學歷　展覽史　收藏史

都不重要
在一件創新的藝術品之前

Margreth Fry

一幅大畫立在前門外
背向街道　名為「Time Out」
畫了許多間已被推倒的老式房屋
是已經失去的街景

她一一指點　相比
與原址上已改建成的新屋

畫面上人物繁多而動態豐富
我聯想到《清明上河圖》

操場上有人打籃球　踢足球
兒童們在作各種街頭遊戲
跳繩　跳房子　跳飛機
騎木馬　盪鞦韆
在野地上放風箏

有人在種植　澆花　剪草
日光浴　晾衣服　為房屋油漆
燒烤　散步　遛狗　和貓兒玩
汽車疏落而沉靜

她五十年前從瑞士移來
熱愛這個城市
近些年眼見環境每日在變遷
她懷念美麗的過去
友好的鄰居　友好的陌生人
她用畫筆追記這難忘的一切
卻好像沒有怨言

我對她說
我居住在這裡也二十八年了
這種題材的詩我也寫過不少
我同樣懷念你所懷念的過去
但我憤然批判
違反自然違反人性的改變

她是樂觀幽默的
見面第一句就戲說自己是鐘錶
頸後刻有Made in Swiss的字樣
我說我Made in China
是世界工廠的產品

是的　她是接受現實
與時並進的瑞士鐘錶
我卻是Made in China
抵擋時代巨輪的螳螂

蔡杏枝的花鳥

鳳蝶與麻雀

木圍欄畔
輕柔的洋蘭禁不住微風
不停地搖曳
一串精緻的黃花

藍色的鳳蝶
抓住花冠採蜜
突然一陣風
給吹得倒吊著

一隻小麻雀
從地面斜飛到空中
側頭好奇　看著鳳蝶

鳳蝶倒吊搖曳
麻雀側頭斜飛
都是罕見的姿態

畫家捕捉了
一個新鮮的情節

伴侶的視線

翠竹旁　牡丹下
有一對壽帶鳥

雄鳥用嘴整理太長的尾羽
那雌鳥
含情地望著她的伴侶

紅楓在微雪中
一隻全黑的鴝鵒
站在粗枝上

它的伴侶在雪地
轉頭向它鳴叫

一雙麻雀
並立在紫牡丹的花枝
前面的轉頭望遠
若有所見
它背後的伴侶
在凝視它的眼睛

紫鳶尾花旁的石上
並立一雙燕子

兩者的眼睛
向同一個方向
望同一個目標

銀杏樫鳥

深秋
銀杏的黃葉落滿一地
無數的小摺扇上
一對樫鳥

它　痴痴地看著同伴
同伴低頭在尋覓甚麼
尾巴翹起朝天
屁股對正觀者

這不是常見的角度
不是美的角度

側面當然美
但看膩了
這異常的新穎的角度
是真實的
提供了另一種美

落日垂櫻

一串串粉紅的櫻花
垂向湖面
像春風輕拂著珠簾

這花簾　透著金光
原來有一圓落日
浮在水面

後記：2017年6月，觀蔡杏枝花鳥畫展，於烈治文市文化中心。

那土黃色的蝴蝶（節錄）

1980年，我寫了《追尋杜甫》組詩，其中兩行：「落花時節
／不是李龜年　是鄧麗君」。2017年11月，到泰國開學術會
議期間，蒙好友款待，入住清邁帝國美平酒店；在這鄧麗君
最後居留之處，緬懷她短暫而燦爛的一生。

1.媽媽點唱

小女孩很會唱歌
媽媽很愛聽歌

叫她唱白光的
她就唱白光

叫她唱周璇的
她就唱周璇

2.合唱變獨唱

音樂課
同學們開始合唱了

她一開聲
大家都忘了開口

在靜靜地欣賞
她好聽的歌聲

3.努力與謙讓

每到一地總要學當地語言
粵語近古語　難學
她到香港未足一個月
可以在台上用粵語對答了

見到同台的歌手身量較矮
她暗地換上平底鞋
還穿上長旗袍掩蓋

4.晚上聽小鄧

能沖破隄壩的
是最柔軟的水

嬌柔甜美的歌聲
浮海而來
登陸悠悠的黑夜
不必翻牆
貫穿了鋼鐵的高牆

家家戶戶緊閉門窗
在蒙頭的被窩裡

偷聽從未聽到過的
新奇美妙的天籟

天籟？　不是天籟　是仙樂
仙樂？　不是仙樂　是人樂
人性的樂　一如仙藥
撫慰著　醫治著
千千萬萬
被高亢的噪音震傷了的
耳膜

5.在日本

已經譽滿台港澳東南亞
應日本之邀前去學習
竟然
晚上要到夜總會演唱

公司一度要她改變唱法
她堅持自己的特長
維持自己的風格

6.外國外語

不要忽視在日本的非凡成就
不是說她獲獎無數
破紀錄無數

唐三藏在印度
不是用母語而是用印語辯論
是全印度冠軍

鄧麗君在日本
不是用母語而是用日語唱歌
是全日本冠軍

7.500首歌

她說能背誦的歌有500首
朋友不信
她立刻寫出500首的歌名

絕技是天賦加勤力
童年時　日裡上課
夜裡由媽媽帶著去賣唱
上課時不聽課
只顧喃喃的溫習歌詞
周圍的同學都覺得討厭

8.月明中

任何人都無法想像
那次錄音　有一首歌
她一連唱了十五次

監製仍不收貨
是情緒沒有控制好

「春花秋月何時了
　往事知多少
　小樓一夜又東風
　故國不堪回首月明中……」

她不斷飲泣

11.愛情的慰藉

最柔情的嗓音
最剛強的主見

還只是四歲大的幼童
自己到影相館影相
說是媽媽叫她來的
其實家人都不知道

面對財宏勢大的唱片公司
堅持自己的歌風

在巴黎遇到遲來的愛情
堅拒家人的反對

12.慷慨待人

自己的支出
一分一毫記錄清楚
是個克己的人

總是隨身準備好
一疊一百法郎的零錢
隨時給小費

同行女友說：
我換些五十法郎的給你好了

有時小費給二百法郎
男友制止
說給二十法郎就夠了

13.《星願》

居住在空氣清新的清邁
反璞歸真不施脂粉
偶然被遊客認出來
她搖頭否認

在這全城的最高處
日裡憑窗俯瞰全城彩色的房屋
夜裡撫摸黑色天蓋上的星星

聰明又勤奮
開始學習創作歌曲
有一首未完成的
叫《星願》

現在
天際繁星中
有一顆「Teresa Teng」不斷在運行
那是 42295 號小行星

14.最後一聲

1995年5月8日下午
泰國清邁帝國美平酒店
1502號房門口
她倒在走廊土黃色的地毯上

她竭力喊出　最後一聲
正是牙牙學語時的第一聲：
「媽媽！」

在我耳裡
這一聲呼喊是最後的歌聲
「媽媽」
不單指生育身體的母親

15.土黃色

美平酒店以土黃為主色
桌椅　　櫥櫃　　帳幔　　地毯
窗簾　　鏡框　　燈座　　燈罩
廢紙籮……

信紙　　信封　　便條紙
全是土黃色的文字和圖案
圖案是傲霜的芙蓉花

還有這黑桿金咀的原子筆
這雙象牌的瓶裝水

她那時使用的
一定就是這些

16.化蝶

我拖著行李要離開酒店了
大門一開　　翩翩飛進來
一隻土黃色的蝴蝶
一瞬　　就不見了
她要完成她的《星願》嗎？

「落花時節
　　不是李龜年　是鄧麗君」

杜甫　是人們心中的「詩聖」
有一位「歌聖」
在我心中

2017年11月初稿於泰國清邁，
2018年鄧麗君65歲冥壽日（1月29日），於加拿大烈治文。

國家圖書館出版品預行編目

島上詩：島上與海外. 上冊 / 韓牧著. -- 初版.
-- 臺北市：獵海人, 2022.11
　　面；　公分
　　ISBN 978-626-96408-1-2(平裝)

851.487　　　　　　　　　　111018082

島上詩：

〈島上與海外〉上冊

作　　者／韓　牧

出版策劃／獵海人

製作銷售／秀威資訊科技股份有限公司

　　　　　114 台北市內湖區瑞光路76巷69號2樓

　　　　　電話：+886-2-2796-3638

　　　　　傳真：+886-2-2796-1377

網路訂購／秀威書店：https://store.showwe.tw

　　　　　博客來網路書店：https://www.books.com.tw

　　　　　三民網路書店：https://www.m.sanmin.com.tw

　　　　　讀冊生活：https://www.taaze.tw

出版日期／2022年11月

定　　價／400元